Jessica 68

RETROUVEZ Fantômette
DANS LA BIBLIOTHÈQUE ROSE

Fantômette au carnaval
Fantômette et la télévision
Fantômette et le château mystérieux
Fantômette et son prince
Fantômette et les 40 milliards
Les sept Fantômettes
Fantômette et la lampe merveilleuse
Fantômette contre Fantômette
Fantômette s'envole
Fantômette ouvre l'œil
Fantastique Fantômette
Fantômette brise la glace
Fantômette et le masque d'argent
Les exploits de Fantômette
Fantômette et le trésor du pharaon
Fantômette et la Dent du Diable
Pas de vacances pour Fantômette
Fantômette contre le hibou
Fantômette contre le géant
Fantômette en danger
Fantômette fait tout sauter
Mission impossible pour Fantômette
Fantômette et la maison hantée
Fantômette et la grosse bête
Fantômette à la Mer de Sable
Fantômette et le brigand
Fantômette chez le roi
Fantômette et le Dragon d'or
Fantômette viendra ce soir
Fantômette et le mystère de la tour

Georges Chaulet

Fantômette et le mystère de la tour

HACHETTE

© *Hachette Livre, 1992, 2004.*

Tous droits de traduction, de reproduction
et d'adaptation réservés pour tous pays.

Hachette Livre, 43, quai de Grenelle, 75015 Paris.

Chapitre 1

Une surprenante photographie

— Ça y est ! Ça y est, j'ai réussi ! Ah ! ce que je suis super !

La grande Ficelle se précipite dans la salle de séjour en agitant un rectangle de carton blanc dégoulinant d'eau. Elle le met sous le nez de la grosse Boulotte qui est en train d'enfourner dans sa bouche une biscotte surmontée d'une couche de beurre épaisse de trois doigts, au moins.

— Alors, Boulotte, qu'en penses-tu ? Elle est réussie, non ?

Pour toute réponse, Boulotte agite la tête. Ficelle fronce les sourcils :

— Tu pourrais au moins me dire que c'est un chef-d'œuvre, ma photo ?

La gourmande, qui a la bouche pleine, agite la tête de haut en bas. Ficelle est satisfaite de cette approbation.

— Je suis tout à fait de ton avis, Boulotte. Ma photo est une énorme réussite. Et pourtant, c'est la première ! Et tu vas voir les suivantes... Je vais...

Ce que va faire la grande fille, on ne le sait pas, parce que la sonnette de l'entrée vient interrompre ses projets. Elle court vers la porte, ouvre, et se trouve en présence d'une brunette à l'œil malicieux.

— Françoise ! Ah ! Tu arrives bien ! Je vais te montrer un pur chef-d'œuvre. Une réussite scandaleuse ! Tiens, regarde...

Et la grande Ficelle met sous le nez de Françoise la photo grisâtre et peu nette, où l'on distingue vaguement une maison d'aspect quelconque. Françoise se gratte le bout du nez et demande :

— Hum ! C'est la première que tu fais ?

— La première ! répond fièrement la grande photographe.

Françoise lui rend la photo en affirmant :

— Alors, pour un début, ce n'est pas mal du tout.

— Ah ! Françoise, je savais bien que tu serais de mon avis. Je vais tirer les autres, maintenant. Viens avec moi. Tu vas voir, c'est un sport passionnant.

Et Ficelle entraîne Françoise jusqu'à la salle de bains qui est pour le moment aussi obscure qu'un rouleau de réglisse. Elle avertit :

— N'avance pas d'un kilomètre ! Il y a des assiettes et des bouteilles sur le sol... Attends, je vais allumer... Surtout, ne bouge pas ! Tu risquerais d'écrabouiller quelque chose.

La grande Ficelle fait lentement un pas... un autre... Puis elle pousse un grand cri, qui s'accompagne d'un fracas de verre brisé. D'une voix inquiète, la grande fille explique :

— Ce n'est rien... Juste la bouteille de révélateur.

Un moment angoissant s'écoule. Ficelle erre à travers la salle de bains comme un avion en panne de radar dans la brume. Puis une minuscule lampe rouge s'allume.

— Ça y est ! Maintenant on y voit clair !

On n'y voit pas tellement clair, mais suffisamment pour évaluer les bouleversements qui ont transformé une innocente salle de bains en un redoutable laboratoire de chimie. C'est impressionnant. Des fioles, des flacons innombrables s'éparpillent sur le carrelage, encombrent le lavabo, se mêlent aux savonnettes. Des boîtes en carton et des paquets de produits chimiques ont envahi la baignoire. Des bacs en plastique sont suspendus à des fils pour sécher, et un peu partout on rencontre des assiettes creuses, des bols, un pèse-lettres (pour peser les produits), des cuillers (pour les remuer), des chiffons (pour essuyer les taches). Diverses flaques de couleurs variées décorent le sol, où l'on trouve également des petits tas de poudre blanche. Enfin, des bouts de verre brisé complètent ce charmant tableau.

Françoise apprécie la scène d'un coup d'œil et dit ironiquement :

— Bravo, ma chère. Tu es en pleine forme. Encore une heure ou deux, et il n'y aura plus qu'à appeler les éboueurs.

Vexée, Ficelle hausse les épaules.

— Peuh ! Quand on ne fait rien, on ne casse pas grand-chose ! C'est un proverbe chinois. Et si je casse des bouteilles, c'est parce que je FAIS QUELQUE CHOSE, MOI ! Au lieu d'aller me promener bêtement dans la campagne, comme quelqu'un que je connais... Tiens, regarde plutôt comment je m'y prends pour tirer une photo. Ça t'instruira !

La jeune laborantine prend une feuille de papier sensible, la glisse dans une sorte de cadre métallique qui s'appelle un margeur et qu'elle referme en poussant un cri de douleur.

— Aïe ! Je me suis pincée. Ah ! Si je tenais l'œuf qui a pondu ce machin stupide !

Avec divers grognements, bougonnements et grincements de dents, Ficelle parvient à faire fonctionner son agrandisseur. Puis elle plonge le rectangle blanc dans le bain de révélateur que contient une assiette creuse. Au bout d'un instant, une image apparaît. La grande fille pousse des hurlements enthousiastes :

— Aaaaah ! ! ! Ça y est ! Regarde, Françoise, la photo se développe. C'est prodigieux, c'est mirifique, c'est ficellien !

Énivrée par la réussite de son entreprise, Ficelle renverse une boîte qui répand son contenu poudreux sur les carreaux. Puis elle lave l'épreuve sous le robinet du lavabo, la plonge dans un bain de fixage, la trempe dans un bac marqué *Solution X* qui contient de l'eau pure, et tend finalement le carton à Françoise en annonçant avec orgueil :

— Celle-ci est encore plus réussie que la première ! C'est une photo magnifique ! Je vais l'envoyer au grand concours permanent de *France-Flash* et gagner le premier prix. Je crois que c'est un voyage autour du monde, ou un rouleau de pellicule, je ne sais plus.

La brunette prend la photo et s'approche de la lampe rouge pour l'examiner. Elle hoche la tête :

— Oui, tu as raison, elle est un peu moins mauvaise que la première.

— Comment, moins mauvaise ?

— Un peu meilleure, si tu veux.

— Je pense bien, qu'elle est meilleure ! Tiens, compare...

Françoise regarde tour à tour les deux vues et demande :

— Où les as-tu prises ?

— Près du bois des Sauterelles. Juste après le tournant et avant le stop de la Nationale 213. C'est une maison perdue dans la nature. Tu sais, comme dans le proverbe turc : « L'homme heureux vit dans la nature. »

— Et je suppose que tu l'as photographiée sur toutes les coutures, cette maison ? Devant, derrière, sur les côtés ?

— Non, non. Pas du tout. Dans le *Manuel du Photographe approximatif,* ils disent que les débutants doivent d'abord s'exercer à prendre un sujet d'une seule manière, mais en variant les réglages de l'appareil. Tu sais, je m'y connais ! Je suis déjà très forte en photo. Une force d'au moins cent kilos !

— Bon, je veux bien te croire. N'empêche que tu as pris cette maison sous différents angles. D'abord la façade, ensuite l'arrière, du côté jardin.

— Non ! Je n'ai pas changé de place, je te dis ! Je suis restée dans la rue.

Françoise a un sourire. Elle tend les deux épreuves à son amie et dit :

— Tu as pris une vue de la façade, c'est entendu, mais ensuite tu as contourné la villa et tu as photographié la partie arrière. Regarde toi-même... Sur la première photo on voit un balcon à la fenêtre de l'étage. Et sur la seconde, le balcon n'y est pas.

La grande fille regarde les deux vues et pousse une exclamation de surprise.

— Oh ! C'est vrai, ça ! Sur l'une, on voit le balcon... et sur l'autre on ne le voit pas. Comment ça se fait ? Je n'y comprends rien...

Elle reste la bouche ouverte et les yeux arrondis, regardant alternativement les deux photos. Adossée à la cloison, Françoise sifflote en enroulant autour de son index une mèche de sa chevelure noire. Après quelques instants de réflexion, elle demande :

— Dis-moi, tu es sûre qu'il n'y a pas deux maisons ! L'une avec un balcon, et l'autre sans ?

— Je suis sûre qu'il y a une seule maison dans ce coin.

— Et tu as fait ces deux photos le même jour ?

— Oui, le même jour. Mais pas à la même heure. J'ai d'abord photographié la façade, puis je suis allée dans le bois des Sauterelles pour voir s'il n'y en aurait pas une dont je pourrais faire le portrait. Mais je n'ai trouvé que des arbres en bois. Alors, je suis repassée devant la maison et j'ai pris une autre photo.

— Et combien de temps s'est écoulé entre les deux photos ?

— Je ne sais pas... Peut-être une heure...

— Donc, pendant cette heure, la fenêtre a perdu son balcon ?

— Ben... Faut croire... Tu sais, ça a l'air d'être une vieille maison. Il a dû tomber.

Pensivement, Françoise sort de la salle de bains, va dans le séjour, s'assied sur l'accoudoir d'un fauteuil, réfléchit.

— C'est tout de même bizarre... Un balcon de fer forgé qui s'envole... ou plutôt qui tombe tout seul. Il n'y a pas eu de tremblement de terre dans la région... et un balcon ne présenterait aucun intérêt pour des voleurs... À moins que les propriétaires ne l'aient enlevé pour en mettre un autre en meilleur état. Oui, c'est l'explication la plus logique. Tout de même, j'ai bien envie d'aller jeter un coup d'œil sur cette maison. Dix heures ? Oui, j'ai le temps d'aller voir ça de plus près...

Elle sort, tandis que de la salle de bains s'échappent de nouveau des exclamations et des bruits de bouteilles que l'on casse.

Chapitre 2

Les étranges visiteurs

Il arrive de temps en temps qu'une écolière se déguise en Fantômette, au moyen d'une tunique jaune, d'une cape rouge et d'un masque noir, de sorte que les passants ne sont pas surpris lorsqu'ils aperçoivent un de ces lutins masqués. Mais, lorsqu'une telle apparition a lieu à Framboisy ou dans les environs, il s'agit le plus souvent de la véritable aventurière. Seulement, personne ne le sait.

Ce matin-là, c'est la vraie Fantômette qui roule sur une petite moto, en direction du bois des Sauterelles. En ce milieu de matinée, la circulation est faible, et notre justicière ne croise qu'une voiture et un camion avant d'arriver au tournant qui encercle à demi le bois. L'extérieur de la courbe est bordé par trois ou quatre maisons que séparent des jardins potagers. L'une d'elles est bâtie un peu à l'écart, protégée par une palissade d'environ deux mètres de haut.

Fantômette coupe le contact et descend de sa machine, qu'elle appuie contre la palissade. Elle se met debout sur la selle et s'accroche au rebord de la clôture, pour pouvoir regarder ce qui se passe dans la propriété.

En fait, il ne se passe absolument rien. La maison est là, au milieu de son jardin en friche. Elle semble abandonnée, et n'offre aucun détail particulier, si ce n'est...

— Mille pompons ! Le balcon ! *Il est revenu !*

Oui, à l'étage se trouve une fenêtre, une

seule, munie d'un balcon de fer forgé. Fantômette demeure un instant interdite, cherchant l'explication du phénomène. Puis elle prend une décision :

— Il faut absolument que je tire ça au clair. Allons voir cette fenêtre de plus près.

Avec l'agilité d'un chat courant après un oiseau, elle franchit la palissade et saute dans le jardin. Elle le traverse sur la pointe des pieds, sans faire plus de bruit qu'une ombre. Parvenue au bas de la façade, elle lève les yeux. La fenêtre est au-dessus d'elle, à trois mètres. Le mur, formé de pierres lisses, ne peut être escaladé.

— Il me faudrait une échelle...

Elle regarde autour d'elle, puis contourne la maison. Au fond du jardin, il y a une cabane qui doit contenir des outils. Elle l'ouvre, regarde à l'intérieur. Il n'y a là que trois ou quatre outils rouillés. Elle revient sur le devant, examine les deux fenêtres du rez-de-chaussée, puis la porte. En touchant le battant, elle a une surprise.

— Mais... Elle n'est pas fermée !

En effet, la porte est entrebâillée. Lentement, avec précaution, la jeune aventurière entre dans un corridor, puis explore les deux pièces du rez-de-chaussée, qui sont vides. Elle monte ensuite à l'étage, inhabité également. La jeune détective s'approche de la fenêtre, tourne la crémone, ouvre. L'appui de la fenêtre, sur lequel on pourrait disposer trois ou quatre pots de géraniums, est entouré par le fameux balcon de fer forgé. Fantômette l'examine minutieusement. En scrutant la partie qui touche la pierre, elle fait une découverte : le fer n'est pas scellé dans le mur, mais retenu par des boulons.

— C'est extraordinaire ! Un balcon démontable... Je n'avais encore jamais vu ça...

Effectivement, il est possible, en dévissant les boulons avec une clé anglaise, de retirer le balcon à volonté. Reste à trouver une explication.

— Pourquoi le propriétaire de cette maison qui semble abandonnée s'amuserait-il à démonter ce balcon pour le remonter une heure plus tard ? Parce que c'est bien ce qu'il a fait... Mais dans quel but ?

La jeune aventurière caresse la pointe de son menton, réfléchissant profondément. Elle fait le tour de la pièce, espérant trouver quelque indice susceptible de lui fournir une réponse. Elle ne découvre qu'une vieille armoire vide, totalement dépourvue d'intérêt.

— Décidément, j'ai affaire à un mystère. D'habitude, je les éclaircis mais cette fois-ci, j'avoue que je n'y comprends rien. Je me demande...

Elle s'immobilise soudain, attentive, et regarde vers l'extérieur. Là-bas, sur la route, une auto ralentit, s'approche, s'arrête. Des claquements de portières, des voix d'hommes... Une porte qui s'ouvre dans la palissade. Des silhouettes envahissent le jardin. Fantômette grogne entre ses dents :

— Allons, bon ! Que viennent-ils faire ici, ces gens-là ? On ne peut plus enquêter tranquillement, maintenant ?

En réalité, l'aventurière n'est pas fâchée de cette intervention. Les visiteurs vont peut-être lui fournir l'explication qu'elle cherche vainement.

Sans se presser, Fantômette ouvre la porte de l'armoire, se glisse à l'intérieur et referme le meuble en ayant soin de laisser une fente qui lui permettra, éventuellement, de voir vers l'extérieur. Puis elle attend.

Dans le jardin, les voix se rapprochent. Quelqu'un crie : « Vas-y ! » Il y a un instant de silence, puis un claquement métallique, tout proche. Ensuite, des raclements contre la façade.

Immobile, attentive, la justicière ouvre tout grand ses yeux et ses oreilles, en observant la pièce par l'étroite ouverture. Elle entrevoit une main qui s'agrippe au balcon, puis une tête. Un homme opère un rétablissement, enjambe l'obstacle et saute dans la chambre. À l'extérieur, une voix fait : « Bravo ! Très bien ! »

Quelques instants après, un autre homme escalade la façade de la même manière. Fantômette pense qu'elle a affaire à des cambrioleurs.

— J'ai compris ! Ils ont lancé une corde terminée par un grappin qui s'est accroché au balcon. Mais pour des voleurs, je ne les trouve pas très discrets !

En effet, les individus parlent à voix haute, sans paraître se gêner beaucoup. L'un de ceux qui sont montés dans la pièce se penche par la fenêtre et ordonne :

— À toi, maintenant !

Fantômette tressaille.

— C'est bizarre... J'ai l'impression d'avoir déjà entendu cette voix-là.

À travers la fente, elle scrute l'homme. Il est grand, mince, brun, bien habillé. Quoique ses vêtements soient un peu voyants : veste jaune canari, pantalon vert, chemise noire. Les chaussures sont blanches, et les chaussettes rouges. Fantômette sourit. « Il est habillé sur mesure, mais il a encore une fâcheuse tendance à ressembler à un perroquet, *ce cher Alpaga...* »

Car il s'agit bien d'Alpaga, le voleur amateur de belles chemises et complice du terrible Furet. Le second des visiteurs est une grosse brute uniquement occupée à remplir son estomac : Bulldozer. Un troisième homme entre par la fenêtre. Celui-là, qui semble jeune et agile, Fantômette ne le connaît pas. Peut-être est-ce un nouveau membre de la bande. Enfin, c'est le Furet lui-même qui apparaît, avec son nez pointu et ses petits yeux méchants. Il demande simplement :

— Combien ?

C'est Alpaga qui répond :

— Sept secondes, chef. Mon chrono indique huit pour Gégène. Moi j'ai mis neuf secondes, mais j'ai pris mon temps pour ne pas salir mon costume. Et notre gros Bulldozer a mis un peu plus de douze secondes. Il a sa graisse à déplacer, évidemment.

— Il faudra qu'il se remue un peu, alors. Ou qu'il fasse un régime pour maigrir. Bon, ça suffit, on peut redescendre. Ah ! une chose... Vous avez remarqué la drôle de petite moto qui est contre la palissade ? À qui ça peut bien être ?

Fantômette sent un frisson lui passer dans le dos. Le Furet se tourne vers Gégène :

— Elle n'est pas à toi ?

— Non, chef. Moi je suis venu avec une voiture que j'ai volée.

— Ah ! Alors ça doit être la moto d'un cantonnier.

Bulldozer, Alpaga et Gégène sortent par la fenêtre. Le Furet décroche la corde et redescend par l'escalier. Les bruits de pas et de voix s'éloignent. Les portières de la voiture claquent, la voiture se met en marche, fait demi-tour et disparaît. Fantômette quitte son armoire, s'accoude au balcon et réfléchit.

— Pourquoi sont-ils passés par la fenêtre puisqu'ils pouvaient tout aussi bien entrer par la porte, et même plus facilement ? Pourquoi chronométrer le temps qu'ils ont mis à faire l'escalade ? On dirait qu'ils s'entraînent à cambrioler cette maison... Une maison *où il n'y a rien à voler !* Ah ! Je veux bien être changée en parapluie mauve si je comprends ce que le Furet est en train de manigancer !

Fantômette descend l'escalier, traverse le jardin, saute de nouveau la palissade. Son cyclomoteur est toujours à la même place. Elle l'enfourche en murmurant :

— Je suis impardonnable de l'avoir laissé ici. La prochaine fois, je le cacherai dans un buisson.

Elle revient chez elle sans se presser, en chantonnant, mais aussi en continuant de chercher une réponse à la question qu'elle s'est posée : Qu'a donc encore inventé le Furet ?

Chapitre 3

Ficelle
et les papillons

— Ah ! qu'elles sont jolies ! Qu'elles sont belles ! Je suis une photographe pleine de talent ! Veuillez admirer mes œuvres...

La grande Ficelle a soigneusement collé sur un carton gris quatre photos de la maison-au-balcon-magique, et quatre autres qui représentent une bouteille vide posée sur une caisse. Boulotte et Françoise regardent les épreuves en se demandant s'il faut rire ou crier au chef-d'œuvre. La première résout la question en s'enfuyant vers la cuisine. La seconde demande :

— Je voudrais bien savoir, ma chère et adorable Ficelle, pourquoi tu as photographié une vieille bouteille ?

Ficelle s'efforce de prendre un air inspiré pour expliquer :

— C'est ce qu'on appelle une nature morte. Tous les grands photographes en font. On pose un objet quelconque sur un machin, ou un fourbi sur un truc, et ça donne une photo géniale qu'on met dans une exposition. C'est merveilleux ! Maintenant, je vais faire des vues champêtres. Tu sais, des barrières, des fleurs ou des vaches ! C'est drôlement bien, une grande vache ! Ça remplit toute la photo, tu sais ! Et je vais prendre d'autres vues de la maison, en grimpant sur la palissandre...

— La palissade.

— Oui, la clôture. Peut-être que le balcon aura encore changé de place... Tu vas venir avec moi, Françoise ?

— Si tu veux.

— On va emmener Boulotte. Une petite promenade, ça lui ouvrira l'appétit.

— Comme si elle en avait besoin ! Elle mange de plus en plus...

— Oh ! c'est bien vrai ! Elle commence à ressembler à la grosse baleine en plastique qui est au supermarché !

Ficelle charge soigneusement son appareil, se munit du *Parfait photographe en 500 leçons,* et fait signe à ses amies de la suivre. Les trois filles montent sur des bicyclettes et pédalent en direction du bois des Sauterelles.

Le trajet est brusquement interrompu par Ficelle qui freine en catastrophe et pousse un cri, bien qu'aucun obstacle ne soit apparu. Elle désigne le haut d'un poteau télégraphique et s'exclame :

— Regardez ! Là... Il y a deux rossignols ! C'est fortement poétique ! Je vais les photographier !

Elle couche la bicyclette sur le bas-côté de la route, sort l'appareil de son étui et court vers le poteau. Effrayés, les deux rossignols — qui ressemblent fort à des moineaux — s'envolent. Toute penaude, Ficelle revient vers ses amies en ronchonnant :

— Ah ! Ces deux crétins ne se seraient pas sauvés s'ils avaient su que je suis une photographe de talent !

La photographe de talent remonte sur son vélo et repart. Dix minutes plus tard, les trois amies parviennent en vue de la maison au balcon promeneur, ce qui donne à la grande fille une autre occasion de pousser des cris :

— Regardez ! Mais regardez donc !

— Je ne fais que ça, dit Françoise.

— Il y a des gens dans le jardin... Des ouvriers habillés en travailleurs...

En effet, cinq ou six ouvriers en bleu de travail circulent dans l'espace compris entre la palissade et la maison. Ils transportent des planches et des sacs de plâtre, scient du bois, plantent des clous. Ficelle hoche la tête :

— C'est bien ce que j'avais dit. Les propriétaires font faire des travaux. Ils ont enlevé le balcon, et vont transformer leur maison.

Françoise objecte :

— Je te ferai remarquer que *le balcon est revenu...*

— Oui, je m'en suis aperçue, figure-toi ! Je ne suis pas sourde ! Mais je sais pourquoi. C'est une idée du propriétaire. Il l'a enlevé pour voir l'effet que ça fait, et comme il a estimé que ce n'était pas beau, il l'a remis. C'est bête comme une règle de grammaire !

La grande fille cherche et trouve le trou de la palissade au travers duquel elle a pris ses premiers clichés. Elle fait la grimace en grommelant :

— Non, d'ici la vue n'est pas bonne. Je vais me mettre à cheval sur la clôturation.

Elle demande l'aide de ses amies qui joignent leurs mains pour lui offrir un appui, et se met à escalader la palissade. Une voix d'homme s'élève alors :

— Hé ! Vous, là-bas ! Qu'est-ce que vous faites ?

À travers le trou, Françoise voit qu'un des ouvriers s'approche, l'air sévère. Il répète :

— Qu'est-ce que vous venez faire ici ?

Ficelle balbutie :

— Je... Je viens faire des photos... Des photos de la maison... Je suis une formidable artiste...

L'homme la menace du poing en grognant :

— Je vais t'apprendre, moi, à faire l'artiste ! Veux-tu filer, et en vitesse !

La grande fille bat en retraite, vexée et furieuse. Elle gémit :

— En voilà, des manières ! Aucun respect pour l'art de mes photos géniales ! Quand je pense qu'il faut vivre sur la même planète que ces gens-là !

Elle remonte sur sa bicyclette en déclarant avec force :

— Puisque c'est comme ça, je ne la photographierai pas, leur maison ! Ça leur apprendra !

Dix secondes plus tard, la vue d'un papillon lui fait oublier l'incident. Elle court après le lépidoptère, fait trois ou quatre photos, se déclare satisfaite de cette chasse aux images et décrète le retour au logis.

Repassant devant la maison, elle adresse un pied de nez à la palissade en tirant la langue et en faisant « Peuh ! »

Un quart d'heure plus tard, alors que Boulotte court vers la cuisine pour tartiner de la confiture, Ficelle entraîne Françoise dans le laboratoire.

— Viens ! Il faut que je te fasse voir comment on décharge l'appareil. Il faut aussi que je t'explique une idée géniale qui est en train de passer à travers mon cerveau pour sortir de ma tête.

— Ah ! Parce que tu te mets à avoir des idées, maintenant ?

— Oh ! pas seulement maintenant. J'en ai déjà eu, tu sais. Tiens, l'année dernière, ou il y a deux ans, je ne sais plus, j'ai eu l'idée d'aller au zoo pour demander qu'on me prête un petit crocodile. Parce que Mlle Bigoudi devait nous faire une conférence sur les animaux qui vivent dans la neige. Eh bien, tu ne sais pas ? Au zoo, on n'a jamais voulu me prêter de crocodile. Pourtant, il aurait eu de la place, dans ma chambre. Bon, qu'est-ce que je voulais dire ?

— Tu parlais d'une idée...

— Ah ! Oui... Comment ça s'ouvre, ce machin ?

La grande fille se bat avec son appareil photo, tire, pousse et finit par lui donner des coups de poing. Françoise appuie sur un petit bouton, et l'appareil s'ouvre. Ficelle hausse les épaules :

— Tu n'avais pas besoin d'y toucher ! Je sais très bien me servir de mon appareil, tout de même ! Bon, alors qu'est-ce que je voulais te dire ?

— Ton idée...

— Mon idée ? Quelle idée ?

— Je n'en sais rien, ma grande. Tu m'as dit que quelque chose t'était passé à travers le crâne...

— Ah ! Oui, ça me revient, maintenant.

C'est une idée incomparable qui va me servir pour la Fête des Écoles.

— Bon, tant mieux.

— Tu sais qu'on va organiser un stand...

— Si je le sais ? Voilà trois semaines que tu me casses les oreilles avec ton stand de pêche à la ligne !

— Mais justement, j'ai changé d'avis. Nous ne ferons pas de pêche à la ligne.

Boulotte, qui vient de revenir, une tartine à la main, proteste énergiquement :

— Mais c'était une très bonne idée ! Les visiteurs auraient pêché des nougats ou des chocolats avec un crochet au bout d'une ficelle...

La grande fille secoue la tête :

— Ce n'est pas assez original. Le mois dernier, je suis allée à une kermesse où les gens pêchaient des savonnettes avec ta ficelle et ton crochet. Moi, j'ai une idée super ! Nous allons organiser un stand-exposition où l'on montrera mes photos qui seront punaisées sur de grands panneaux. Ça sera formidablement intéressant ! Les visiteurs seront impressionnés comme une pellicule !

Françoise fait la moue :

— Tu crois vraiment qu'ils vont se passionner pour ta bouteille et ton papillon ?

— Bien sûr ! D'ailleurs, attends un peu que j'aie développé le film, et tu verras s'il n'est pas prodigieux, mon papillon ! Il te coupera le souffle de la respiration !

Sur cette prophétie, Ficelle s'enferme dans la salle de bains, et Boulotte manifeste son intention d'aller voir si le charcutier du coin a encore du salami hongrois. Françoise déclare :

— Moi aussi, je sors.

— Ah ! Tu veux du salami ?

— Non, j'ai autre chose à faire que de contempler des étalages de saucissons.

— Pourtant, c'est intéressant. Tiens, il faudra que je demande à Ficelle de photographier la vitrine du charcutier. Ce sera très bien, pour notre exposition. Il faudra qu'elle me fasse un agrandissement que je mettrai dans ma chambre, au-dessus de mon lit.

Sur cette agréable perspective, la joufflue se dirige vers la boutique de ses rêves, laissant Françoise prendre une direction opposée, vers le bois des Sauterelles.

Chapitre 4

Fantômette enquête

Fantômette lève les yeux vers la basse branche d'un chêne qui la surplombe, à la lisière du bois.

— Ça va me faire un bon poste d'observation.

Elle prend son élan, saute et se suspend à la branche, sur laquelle elle est bientôt assise à califourchon. La justicière saisit une paire de jumelles accrochées à une courroie et les braque vers la maison. Les ouvriers vont et viennent dans le jardin, s'affairent avec des pièces de bois et malaxent du ciment. Ils ont commencé à élever une sorte d'échafaudage en forme de tour, qu'ils consolident à grand renfort de planches clouées.

Fantômette règle la mise au point des jumelles, observe attentivement l'échafaudage.

Elle murmure :

— Que sont-ils donc en train de fabriquer ? Un derrick pour extraire du pétrole ? Une tour à parachute ? Un bâti pour le lancement d'une fusée ? À quoi ce machin va-t-il servir ?

D'un revers d'épaule, la jeune aventurière rejette sa cape, puis se met debout sur la branche, poursuit l'escalade du chêne jusqu'à se trouver presque au sommet, là où les branches plus minces se balancent sous son poids. De nouveau, elle examine l'ouvrage entrepris par les ouvriers, mais sans parvenir à trouver une explication satisfaisante.

Toutefois, cette position élevée lui permet de faire une découverte. De son poste, elle peut observer ce qui se passe dans la maison, en regardant à travers la fenêtre au balcon amovible. Trois hommes se trouvent dans la pièce. Ses trois ennemis favoris, en quelque sorte. Alpaga est en train de passer un peigne dans sa chevelure. Bulldozer, assis sur une table, mâchonne un mégot. Quant au Furet, il fait le va-et-vient en expliquant quelque chose que Fantômette ne peut évidemment pas entendre.

Au bout d'un moment, le Furet pousse le gros Bulldozer pour le faire descendre de la table, sur laquelle il se met à étaler une grande feuille de papier. Un plan, semble-t-il. Bien que les jumelles soient puissantes, Fantômette ne peut distinguer ce que représentent les lignes tracées sur ce plan. Le Furet les montre du doigt, poursuit ses explications. Ses complices semblent approuver en hochant la tête. Au bout d'un moment, le Furet replie son plan et le tend à Bulldozer en désignant l'armoire. Le gros bandit lève le bras et dépose le papier sur le haut du meuble. Puis les trois hommes sortent de la chambre, disparaissent un instant, et réapparaissent au rez-de-chaussée. Le Furet s'approche de la tour, donne des indications aux ouvriers. Les bandits quittent ensuite la propriété, montent dans une voiture et s'en vont.

Fantômette les laisse s'éloigner sans chercher à savoir où ils se rendent : elle est sûre qu'ils reviendront. Confortablement installée sur la branche, adossée au tronc de l'arbre, elle observe l'activité des travailleurs, en mordillant distraitement le pompon de son bonnet. Elle continue de chercher à quoi pourra bien servir la construction qui s'élève peu à peu, mais sans encore trouver de réponse logique.

— Le plus simple serait de leur demander ce qu'ils font, évidemment. Mais je doute fort qu'ils veuillent bien me fournir des explications. Le Furet a dû leur donner des consignes de silence. Il n'aime pas qu'on s'occupe de ses affaires. Mais moi, je suis une petite curieuse. Et j'ai bien envie d'aller jeter un coup d'œil sur le plan que Bulldozer a perché au-dessus de l'armoire...

Pour cela, il faut attendre que les ouvriers aient quitté le chantier. Fantômette, tout comme le corbeau amateur de fromage, reste sur son arbre perchée. Vers midi, les coups de marteau cessent. Les charpentiers remisent leurs outils, enfilent leur veste et sortent de la propriété en refermant la porte de la palissade.

La jeune aventurière revient à terre sans se presser. Elle écarte le feuillage touffu d'un buisson pour découvrir son cyclomoteur, ouvre une des sacoches, en sort un rouleau de corde qui se termine par une ancre d'acier à trois branches. Elle sort du bois, traverse la route, lance son grappin qui s'accroche au haut de la palissade. Fantômette escalade l'obstacle en trois secondes, saute dans le jardin et se dirige vers la tour.

Elle se compose de quatre grands poteaux plantés en terre, reliés par des entretoises. Cette carcasse est habillée par des carreaux de plâtre et des planches. C'est une construction assez grossière, faite de matériaux bon marché, un peu comme un décor de cinéma.

— Ça m'a l'air d'être du provisoire. Quand ils n'auront plus besoin de cette tour, ils la démoliront, sûrement. Le plan va peut-être me dire à quoi elle va servir.

Abandonnant la tour, notre jeune détective se dirige vers la porte de la maison. Mais le Furet l'a refermée à clé.

— J'ai bien fait de prendre mon petit ascenseur personnel !

Employant la même méthode que les bandits-escaladeurs-de-balcons, Fantômette lance de nouveau son grappin et monte jusqu'à la fenêtre. La voici dans la chambre du premier étage. Un bond lui permet d'attraper le plan déposé sur l'armoire. Elle le déplie, l'étale sur la table. Un coup d'œil lui suffit pour avoir la confirmation de ce qu'elle soupçonne déjà. Il s'agit bien des plans de la tour.

La construction mesurera dix mètres de haut environ, et comptera deux étages, munis chacun d'une fenêtre haute et étroite, fermée par un vitrail. Sur les côtés des fenêtres, des gargouilles en forme de têtes d'animaux rejetteront l'eau de pluie.

— Bizarre... L'architecture de cette tour m'a l'air bien ancienne... On dirait un monument du Moyen Âge... Une tour de cathédrale ou un beffroi...

Elle examine le plan pendant un long moment, mais sans rien apprendre de plus. Le Furet et ses complices font édifier une tour médiévale. Dans quel but ? Mystère et arquebuse !

La jeune détective remet le papier sur l'armoire, enjambe le balcon, récupère sa corde et se laisse tomber à terre. Elle regarde encore une fois l'échafaudage, hausse les épaules et sort du chantier en sautant la clôture.

Une fois revenue dans le bois, elle grimpe sur sa monture électrique et revient à son logis, satisfaite d'avoir découvert les projets du Furet, et mécontente de n'avoir pu leur trouver la moindre signification.

Chapitre 5

Le musée Gontran-Gaétan

Françoise entre en coup de vent dans la salle de séjour. Elle découvre Ficelle assise sur un canapé, coudes posés sur les genoux, tête entre les mains. Le front de la grande fille est plissé, et elle serre les lèvres. Son long visage exprime tout à la fois la mélancolie, la tristesse et la déception. Françoise lui demande :

— Qu'est-ce qui t'arrive, ma grande ? Tu

as l'air d'un coureur cycliste qui est arrivé bon dernier.

Ficelle répond :

— Ah ! là là ! C'est pire que ça ! Si tu savais... Ma pauvre vieille ! Il vient de m'arriver un malheur encore plus effrayant qu'épouvantable !

— On t'a renvoyée de l'école ?

— Oh ! Non, ça ne serait pas grave. Ce qui s'est passé est encore plus terrible.

— Explique.

— Ah ! Tu ne peux pas t'imaginer !

Elle pousse un soupir à faire envoler les feuilles d'un calendrier et dit :

— J'ai raté le développement de ma pellicule ! Au lieu de la tremper dans le révélateur, je l'ai mise dans le fixateur. Tiens, regarde... Elle est toute grise. Et tu te rends compte, c'est celle où il y avait le magnifique papillon volant. Ah ! Je suis plongée sur une montagne de désespoir !

Et la malheureuse montre à Françoise la

pellicule qui semble prise par temps de brouillard. Puis elle geint :

— Quand je pense que ce papillon était si joli avec ses ailes jaune et bleu.

— De toute façon, on n'aurait pas pu voir ses couleurs, puisque tu fais des photos en noir et blanc.

— Possible, mais tout de même ! Comment vais-je faire mon exposition à la Fête des Écoles ?

Boulotte surgit, un sandwich aux rillettes à la main :

— Tu n'as pas à regretter ton stand, Ficelle. Nous installerons la pêche à la ligne, et ce sera bien plus amusant d'attraper des saucissons ou des paquets de biscuits.

— Tu crois ?
— Évidemment !

Et la joufflue ponctue cette affirmation en engloutissant la moitié du sandwich. Un peu consolée, Ficelle consent à reprendre quelque espoir. C'est ce moment précis que choisit la sonnette d'entrée pour retentir. Les trois amies se précipitent avec un parfait synchronisme et ouvrent la porte.

Elles se trouvent en présence de deux autres filles qu'elles connaissent bien : la petite Colette Legrand et la blonde Isabelle[1].

Pendant un bon quart d'heure, ces demoiselles poussent des exclamations, s'embrassent, se font des compliments sur leurs tee-shirts, leurs rubans ou leurs bracelets. Puis Isabelle explique :

— On va visiter le musée Gontran-Gaétan. Vous venez avec nous ?

— Oui, oui ! J'approuve des deux mains ! s'écrie Ficelle, toujours enthousiasmée par les nouveautés imprévues.

Boulotte demande si on sera de retour pour l'heure du goûter, et Isabelle répond affirmativement. Mais par prudence, Boulotte bourre un sac avec des biscottes et du chocolat.

Le petit groupe se met en route et agré-

---

[1]. Voir *Les exploits de Fantômette* et *Fantômette contre le géant*.

mente le trajet par ces mille bavardages insignifiants dont les filles ont le secret[1].

Vers les trois heures de l'après-midi, les cinq amies franchissent une vénérable grille de fer forgé, traversent une cour pavée et entrent sous le porche d'un antique édifice qui a servi tour à tour d'abbaye, d'hôtel de ville et de caserne, selon les fantaisies de l'Histoire. Pour l'heure, il est transformé en musée d'art médiéval.

Les filles prennent leur ticket, longent un couloir aux murailles nues, et pénètrent dans une vaste salle voûtée d'ogives. Sur des socles sont exposés des statues de bois, des vases ou des armures. On peut admirer des fauteuils sculptés aussi antiques que peu confortables. Et l'on peut découvrir, sous des vitrines, divers objets utilisés au Moyen Âge, tels que poignards, haches ou masses d'armes. Aux murs, des tapisseries défraîchies représentent

---

[1]. *Parce que les bavardages des garçons, eux, riment à quelque chose ? (Note de Fantômette.)*

des scènes de chasse au sanglier dans le bois de Vincennes.

Ficelle contemple ces trésors, gratte son long nez et se penche à l'oreille de Françoise pour murmurer :

— Ça ne te paraît pas un peu démodé, tout ça ? Quand je pense qu'ils n'avaient même pas la télé, au Moyen Âge ! Qu'est-ce qu'ils devaient se barber, les gens ! Ils devaient dire : « Vivement qu'on invente la télé ! » Tu ne crois pas ?

— Sûrement, ma grande.

Ficelle poursuit sa visite, regarde sous la visière d'une armure pour voir si elle contient un bonhomme. Puis elle pousse Colette vers une statue gallo-romaine en forme d'ours, oblige Isabelle à se plier en deux pour contempler un manuscrit sur parchemin, et empoigne Boulotte par une manche pour la remorquer vers les éperons du connétable Desmatyères. C'est alors que son regard est attiré par une pancarte ornée d'une flèche indiquant : *Salle du Trésor*. Cette vision la remplit d'enthousiasme, et elle s'empresse d'entraîner ses amies dans cette direction. Le petit groupe monte un escalier qui spirale dans une tour, et parvient dans une salle de dimensions restreintes. Des visiteurs sont groupés autour d'une vitrine de forme cylindrique. D'une voix à la cadence mécanique, un guide débite son texte :

— ... et sous cette vitrine, mesdames et messieurs, vous pouvez admirer le célèbre diadème de Berthe au grand pied, épouse de Pépin le Bref et mère de l'empereur Charlemagne. Le diadème se compose d'une monture en or et de douze diamants qui correspondent aux douze signes du zodiaque que l'on peut voir gravés en se penchant sur l'objet.

D'un même mouvement, les visiteurs plongent pour avoir le nez au niveau du diadème. Les plus privilégiés quant à la vue constatent la présence des signes gravés. Le gardien marque une pause, puis reprend :

— Ce diadème fut offert à la reine Berthe

par l'émir Obolan, oncle du fameux calife de Bagdad, Haroun al-Rashid. Il fut conservé pendant deux siècles à Aix-la-Chapelle, puis on perdit sa trace pendant trois autres siècles. Il fut retrouvé par Sir Douglas Mac Gregor qui le rapporta en Écosse et le rangea dans un coffre-fort. Par la suite...

Fascinée, la grande Ficelle écrase son nez contre la glace en ouvrant la bouche comme une sardine que l'on vient de pêcher. Elle déclare :

— Je n'aurais jamais cru que c'était fait comme ça, une couronne de reine. Dans le fond, elle n'est pas tellement belle. Elle est cabossée, et les diamants sont taillés tout de travers...

Françoise explique :

— C'est parce qu'il s'agit d'un bijou très ancien. À cette époque, on ne savait pas travailler les métaux comme maintenant. Ni tailler les diamants pour les faire briller.

Colette intervient :

— N'empêche que si on me le donnait, ce

diadème, je le porterais à la Fête des Écoles et j'aurais un petit prix de beauté.

Ficelle fait la moue.

— Toi, un prix de beauté ? Laisse-moi rire bêtement ! D'ailleurs, ce diadème m'irait beaucoup mieux qu'à toi, parce qu'il a appartenu à Berthe au grand pied.

— Et alors ?

— Alors, ma chère, tu sauras que j'ai les plus grands pieds de l'école !

Boulotte avale une bouchée pralinée et demande au gardien :

— Ce diadème, monsieur, il doit valoir son pesant de chocolat au lait ?

— Oh ! Bien plus que ça ! Avec chacun de ces diamants, on pourrait acheter un château !

Boulotte est très impressionnée. Pour se remettre de cette émotion, elle s'empresse d'entamer un paquet de biscuits à la framboise. La visite se poursuit dans la salle des Meubles, où sont rassemblés coffres vénérables et armoires antiques, puis on admire un certain nombre de tableaux peints en un siècle lointain, qui représentent des moissonneurs coupant les blés avec des faucilles, ce qui semble un travail bien pénible. Ficelle se demande d'ailleurs pourquoi les gens du Moyen Âge se livraient à des travaux si fatigants, alors qu'il leur aurait été si simple d'aller acheter leur pain chez le boulanger. La visite se termine et les trois amies se retrouvent dans la cour. Ficelle se retourne pour examiner le bâtiment. Ravie de ce spectacle, elle déclare :

— Ah ! Ce musée Gaspard-Bernard est horriblement beau ! Admirez ces vieilles pierres pleines de choses moyenâgeuses et d'armures qui ressemblent à des scaphandres d'astronautes ! Regardez cette tour qui renferme le diadème de Berthe les longs pieds...

La grande Ficelle resterai indéfiniment plantée au milieu de la cour, si ses amies ne l'entraînaient au-dehors. Mais il n'est pas possible de calmer son enthousiasme. Elle déclare :

— Il vient de germer dans mon cerveau

génial une idée superfine ! Écoutez-moi. Au lieu de monter un ridicule stand de pêche à la ligne, nous allons organiser un grand musée ! Hein, qu'en dites-vous ?

Françoise fait la moue.

— Je ne vois pas très bien où tu pourras te procurer des armures et des tableaux anciens.

— Mais il n'est pas question d'exposer des vieilleries antiques ! Mon idée, c'est de montrer des objets extraordinaires, des curiosités dont on parle toujours et qu'on ne voit jamais.

— Par exemple ?

— Je ne sais pas, moi... Une lime à épaissir, une échelle de paveur, une tondeuse à œufs...

— Ah ! oui, je vois. Il y aura la casserole carrée pour empêcher le lait de tourner ou le peigne pour chauves ?

— Oui ! Ça sera original et rigolo. Vous allez m'aider à trouver ces objets. Notre musée aura un succès épouvantable !

Le petit groupe se scinde en deux, après que Colette et Isabelle ont promis de rechercher des pièces rares telles qu'un sac à malices ou un marteau à deux manches.

Françoise s'en va de son côté, avec pour mission de chercher une lame à couper les cheveux en quatre. Ficelle et Boulotte retournent à la maison. La gourmande plonge le nez dans son pot de rillettes favori, et Ficelle se munit d'une feuille de papier. La directrice du futur stand-musée commence à préparer la liste des objets qu'il va falloir rechercher en priorité. La tête de liste sera cet objet rarissime : une boussole indiquant le sud.

Chapitre 6

Une réunion extraordinaire

Fantômette braque ses jumelles vers la maison et tourne la molette de réglage.

À l'étage, le Furet, le gros Bulldozer et l'élégant Alpaga fument le cigare en étudiant un plan. Celui-là même que la jeune aventurière a pu voir. Dans le jardin, les ouvriers poursuivent la construction de la tour, dont la plus grande partie est maintenant habillée de plâtre. De temps en temps, le Furet se met à la fenêtre, accoudé au balcon démontable, et donne des directives aux travailleurs. Puis il revient bavarder avec ses complices.

Fantômette étire bras et jambes — gymnastique qui se nomme la pandiculation — et change la position qu'elle occupe sur sa branche d'arbre. Depuis une heure, elle observe le remue-ménage du chantier. Pour varier un peu la monotonie de sa faction, elle regarde les mouvements d'une fauvette qui apporte des vers à ses oisillons nichés sur un chêne proche. Spectacle adorable, sauf pour les malheureux vers qui n'aiment pas du tout ce traitement.

Soudain, Fantômette abandonne les oiseaux pour porter à nouveau son regard vers la maison. Une camionnette vient de s'arrêter devant la clôture en lançant deux coups d'avertisseur. Les trois bandits sortent rapidement de la maison, traversent le chantier et ouvrent la porte de la palissade.

— On leur apporte d'autres matériaux de construction, pense Fantômette.

Mais elle se trompe. La camionnette contient des paquets enveloppés de papier kraft. Certains sont larges et plats ; d'autres de forme allongée ou massive au contraire. Pendant un moment, le Furet et ses complices font le va-et-vient entre le véhicule et la maison. Lorsque le déchargement est terminé et la camionnette partie, ils s'enferment dans l'habitation et ne reparaissent plus à l'étage.

Une demi-heure plus tard, six coups sonnent au clocher de la ville et les ouvriers quittent le chantier. La nuit commence à tomber, ce qui réjouit la jeune aventurière.

— Bon ! Allons voir ce que font ces messieurs avec le petit matériel qu'on vient de leur livrer !

Elle descend de son perchoir, met les jumelles dans une des sacoches de son électrocycle, se munit de la corde d'escalade, traverse la route et saute agilement l'obstacle de la palissade.

Rien ne semble indiquer qu'on ait observé son intrusion. L'unique fenêtre allumée au rez-de-chaussée est close par des volets de bois entre lesquels filtre l'éclairage intérieur. C'est signe que les trois hommes ne s'inquiètent pas de ce qui peut se passer au-dehors. Fantômette traverse le chantier, s'approche de la fenêtre et glisse son regard dans la fente.

À cet instant, un grincement de freins se produit sur la route, et une portière claque. Fantômette bondit jusqu'à la tour, derrière laquelle elle se dissimule pour observer les nouveaux venus.

Quatre hommes entrent.

Celui qui marche en tête a ouvert la clôture au moyen d'une clé. Il se dirige vers la maison sans la moindre hésitation, en habitué. Les autres le suivent de même. Ils connaissent évidemment les lieux. Fantômette les examine en essayant de deviner, à leur aspect, quelle peut être leur activité habituelle, mais il lui est impossible de rien déduire. Ils sont jeunes, vêtus d'une manière quelconque.

Trois coups espacés sont frappés contre la porte de la maison qui s'ouvre aussitôt. Les quatre visiteurs entrent et repoussent le verrou derrière eux. La justicière quitte l'abri que lui offre la tour, s'approche à nouveau des volets. La mince fente entre les deux panneaux de bois ne lui laisse entrevoir qu'une faible partie de la pièce. Les nouveaux venus sont assis sur de vieilles caisses. Ils tournent leur visage vers un point du local qui doit être occupé par le Furet et ses complices. Leur attitude est celle de spectateurs venus assister à une pièce de théâtre.

Un moment s'écoule, pendant lequel Fantômette entend des cliquetis d'objets métalliques. Puis la voix du Furet s'élève :

— Aujourd'hui nous allons étudier le découpage. Alpaga va vous faire une démonstration. C'est une opération qui demande du doigté. Il faut de la finesse, des mains de velours. Observez bien comment Alpaga va s'y prendre. Il y a deux techniques, soit avec du mastic, soit avec une ventouse. Il va d'abord se servir du mastic. Notez qu'il commence par mettre des gants de caoutchouc.

Indispensable, les gants. Quelqu'un peut-il me dire pourquoi ?

Un des assistants lève la main et répond :

— Pour ne pas se salir les mains.

Le Furet fait un signe négatif.

— Non, c'est pour ne pas laisser d'empreintes digitales.

Le visage collé contre les volets, Fantômette retient son souffle en écoutant de toutes ses oreilles, pour tâcher de comprendre quelle est la besogne accomplie par Alpaga. Les quatre visiteurs regardent et écoutent, eux aussi. *Mais ils savent, eux !*

Notre aventurière ne peut réprimer un mouvement d'impatience. Son champ de vision est trop réduit pour qu'elle puisse apercevoir Alpaga. Elle grogne :

— Mais qu'est-ce qu'il fait, mille pompons ! À quoi joue-t-il ?

Elle perçoit une sorte de crissement, suivi d'un petit bruit sec. Il y a alors un concert d'exclamations enthousiastes, de « Ah ! » admiratifs. Le Furet annonce :

— Maintenant, messieurs, la ventouse !

De nouveau, le crissement, le bruit sec et les bravos de l'assistance.

— Que fait-il, cet animal ? Ah ! je veux bien être changée en magnétoscope si j'y comprends quelque chose !

La curieuse séance se poursuit. Alpaga cède la place à l'un des visiteurs. Le crissement se produit encore, suivi d'un fracas de verre brisé. Alpaga a un petit rire et le Furet commente :

— Attention, il faut un petit coup de main léger. C'est une habitude à prendre... Tu dois y aller franchement, mais sans trop appuyer... Vas-y !... Bien. À Bobby, maintenant...

Un autre des visiteurs prend la place du précédent. Encore le crissement, puis un cri de douleur. Le Furet dit tranquillement :

— Ce n'est rien. Les risques du métier. Nous avons une boîte à pharmacie pour les cas de ce genre. Je vais m'occuper de toi. Viens par ici...

Le Furet entraîne le jeune homme dont la

main droite saigne abondamment, tout en ordonnant :

— Continuez ! Que ce petit incident ne vous fasse pas perdre de temps. Allez, au suivant !

Fantômette cesse de regarder. Elle s'adosse au volet en sifflotant entre ses dents, puis murmure :

— Je crois que je commence à comprendre. Une petite idée... Oui, ce doit être ça. Hé, hé ! Il me semble que j'ai mis la main sur une affaire intéressante. Pas bête du tout, ce Furet. J'ai terriblement envie d'ouvrir la fenêtre pour le féliciter. Il en ferait, une tête !

Mais elle se contient. Un rapide coup d'œil lui permet de constater que la bizarre réunion va bientôt prendre fin. Les crissements cessent, et le Furet revient pour annoncer :

— Messieurs, la séance de demain commencera plus tôt. Venez vers quatre heures. Notre programme sera chargé. D'abord, une révision de ce que vous avez appris. Ensuite, un cours qui sera fait par Bulldozer et une séance d'entraînement pour tout le monde. À demain !

Les quatre visiteurs sortent de la maison, traversent le jardin et remontent dans la voiture. Quelques instants plus tard, le Furet et ses complices quittent également les lieux et s'éloignent au moyen d'une autre voiture.

Fantômette saisit sa corde, fait tournoyer le grappin et le lance vers le fameux balcon auquel il s'accroche. En quelques secondes, notre héroïne se hisse jusqu'à l'étage. Elle descend l'escalier, entre dans la pièce que les bandits viennent d'occuper.

Dans un coin se trouvent les caisses qui ont servi de sièges. À l'opposé, un châssis de fenêtre est appuyé contre le mur. Les carreaux en sont brisés. Des morceaux de vitre jonchent le sol.

Fantômette inspecte la pièce en chantonnant un petit air guilleret pour marquer sa satisfaction, et remonte l'escalier d'un pas vif. Une minute plus tard, elle enfourche son cyclo électrique en pensant :

— Très bien ! J'avais deviné juste ! Si je ne me trompe pas, la séance de demain va être très, très intéressante. Et j'ai une envie folle d'y assister !

Chapitre 7

Le musée fantastique de Ficelle

— Je viens d'avoir une idée tellement incroyable, que je n'arrive pas à y croire !

Ficelle brandit la feuille qui lui a servi à noter les objets destinés au musée. Françoise, qui est à plat ventre sur la moquette pour lire plus commodément *Le Japonais sans effort,* lève les yeux de son livre.

— Je t'écoute, Ficelle. Quelle est cette idée sublime ?

— Voilà. Il faut que nous nous mettions à la recherche d'une planche, et que nous plantions un clou dedans. Il devra être assez long pour pouvoir dépasser.

— Et alors ?

La grande Ficelle prend place dans un fauteuil et un air grave pour expliquer :

— Tu sais que les fakirs s'asseyent sur des planches à clous ?

— Oui, je suis au courant.

— Eh bien, je veux que nous exposions dans notre musée une planche avec un seul clou. Pour fakir débutant.

— Compris ! Et si l'on suit ton système, un piano pour débutant ne doit avoir qu'une seule note ?

— Tiens ! Je n'y avais pas pensé... Mais ce n'est pas plus bête que moi, ce que tu dis... Il y a dans le grenier un petit piano que j'avais eu à Noël, autrefois. Je vais enlever toutes les touches, sauf une. Bon, je note : piano. Maintenant, il faut que vous m'aidiez à trouver les autres objets rares. Boulotte ! Ohé ! Boulotte !

Où est-elle, celle-là ? Encore dans la cuisine, je parie ?

Boulotte est effectivement dans la cuisine, puisqu'elle en sort, la bouche pleine, mastiquant énergiquement un gros morceau de gruyère. Ficelle lui donne pour mission de se rendre dans une quincaillerie afin d'y acheter une casserole carrée.

Françoise suggère :

— En même temps, il faudra demander un couteau à couper le brouillard et un bidon d'huile de coude.

— Oh ! ça va faire beaucoup de choses ! dit Ficelle. Je vais accompagner Boulotte, elle ne pourrait pas porter tout ça. Dis, Françoise, pendant ce temps, tu pourrais t'occuper de la planche à clous ? Il y en a peut-être chez un marchand d'articles pour fakirs ?

— Mais non. Je vais t'en fabriquer une tout de suite avec un clou et un bout de bois.

— Très bien. Dès qu'elle sera prête, je l'essaierai. Ou plutôt, non. C'est Boulotte qui fera l'essai.

La gourmande fronce les sourcils et demande, soupçonneuse :

— Pourquoi ce serait moi qui devrais m'asseoir sur ta planche ?

— Parce que tu es presque aussi maigre qu'un fakir, ma bonne grosse.

Boulotte et Ficelle sortent. Françoise a vite fait de trouver une planche et d'y planter un clou. Puis elle se replonge dans l'étude de la langue japonaise. Une demi-heure plus tard, les deux amies réapparaissent. Ficelle fronce les sourcils, Boulotte fait la grimace. Françoise les interroge :

— Eh bien, que se passe-t-il ? Vous avez l'air de deux poules qui auraient pondu un œuf dur. Tu n'as pas acheté la casserole, Ficelle ?

La grande fille prend un air désespéré et soupire :

— Peuh ! Le quincaillier nous a dit qu'il ne lui en restait plus. Il n'a que des casseroles rondes.

— Et le couteau à couper le brouillard ?

— Il paraît qu'il les a tous vendus.
— Et l'huile de coude ?
— On ne l'a pas encore livrée.

Avec le plus grand sérieux, Françoise déclare :

— Alors, je propose que nous fabriquions tout ce petit matériel. Par exemple, pour le couteau, il suffira de prendre un modèle ordinaire et de lui coller l'étiquette : *Couteau à couper le brouillard*.

— Tu crois ?
— Bien sûr !
— Mais alors, ça simplifie tout ! On va prendre des objets quelconques et les étiqueter. Mais pour la casserole carrée ?

— Il doit bien y en avoir une vieille à la cave. On tapera dessus à coups de marteau jusqu'à ce qu'elle devienne carrée.

Pendant le reste de la matinée, les trois amies courent de la cave au grenier, du garage à la cuisine, les bras chargés d'ustensiles aussi bizarres qu'hétéroclites. On entend des coups de marteau, des bruits de scie, des exclamations et des rires. Boulotte déniche un vieil arrosoir aussitôt baptisé *Machine à humidifier la paille des cachots* et Françoise apporte une tasse spéciale pour droitiers, l'anse étant du côté droit.

Ces importantes recherches sont interrompues pour le déjeuner. Ficelle décrète ensuite qu'elle se rendra à la campagne, pour se procurer des graines de mauvaises herbes (substance introuvable chez les grainetiers des villes qui sont bien mal approvisionnés).

Vers le milieu de l'après-midi, Ficelle met la main sur l'objet qui sera certainement le clou de son exposition.

Un clou.

Chapitre 8

Ensevelie !

Fantômette regarde sa montre où le nombre 16 vient d'apparaître.

— Quatre heures. Ces messieurs ne vont pas tarder à arriver...

Calmement, elle enroule la cordelette qui vient de lui permettre l'escalade du premier étage, et l'accroche à sa ceinture. Une fois de plus, elle va tenter de percer les secrets du Furet, tâcher de deviner quels sont ses projets.

Et quel meilleur endroit que ce premier étage ?

De la fenêtre, elle peut observer le chantier où s'élève la tour. En dissimulant son visage derrière les fers du balcon, elle pourra en toute sécurité surveiller l'arrivée de la bande. Et si le Furet et ses complices montent à l'étage, elle se cachera de nouveau dans l'armoire. Tout est donc prévu.

Fantômette ne peut s'empêcher de sourire. Guetter un malfaiteur *avant* qu'il n'ait pu commettre un vol ou un assassinat, quel plaisir rare ! Habituellement, les policiers ou les gendarmes n'interviennent qu'après le passage des criminels. Ces messieurs, bien sûr, n'ont pas l'habitude de faire passer des annonces dans les journaux pour déclarer : « Attention ! Nous allons attaquer la Banque des Petits Épargnants » ou « Cette nuit, nous dévaliserons la bijouterie Diamant-Pacotille ».

C'est pourquoi Fantômette se délecte à la perspective de coincer le Furet, comme Boulotte se lèche les babines à l'idée de déguster une quiche lorraine[1].

Son regard se pose sur la tour, qui semble maintenant achevée. Elle comporte des fenêtres en ogive, flanquées de gargouilles en bois qui représentent de curieux animaux : des singes à têtes d'oiseaux.

Fantômette se frotte distraitement le bout du nez. Elle murmure :

— C'est curieux... J'ai l'impression de connaître déjà cette tour... Il me semble que je l'ai déjà vue quelque part... Mais où ?

Elle réfléchit pendant un moment.

— C'est sûrement sur le plan. Oui, évidemment, j'ai vu le dessin de cette tour... Pourtant...

Un clocher sonne quatre fois.

Soudain, un grondement de moteurs s'élève, et deux voitures apparaissent au tournant de la route. Elles stoppent devant la clôture. Fantômette s'approche de la fenêtre en se baissant

---

[1]. *Cette comparaison est ridicule ! Je n'ai pas l'habitude de me lécher les babines ! (Note indignée de Boulotte.)*

pour être abritée par le balcon. La porte s'ouvre. Le Furet, Bulldozer et Alpaga entrent dans le jardin, bientôt suivis par le groupe des quatre jeunes gens qui ont cassé du verre au cours de la soirée précédente.

Ils traversent le jardin, ouvrent avec une clé la porte du rez-de-chaussée. Fantômette tend l'oreille pour s'assurer que les bandits ne montent pas l'escalier. Ils demeurent en bas, parlant avec des éclats de voix, remuant des objets, des caisses ou des outils. Le Furet annonce :

— Messieurs, Bulldozer va vous faire une démonstration sur l'emploi de la pince-monseigneur. En voici un assortiment de tailles diverses, qui correspondent à des emplois particuliers...

Il se produit des bruits divers, accompagnés par les grognements du gros Bulldozer. Puis des craquements d'objets qui se brisent.

Avec précaution, la justicière descend l'escalier pour mieux entendre. Le Furet fait des commentaires :

— Voyez, messieurs, ce petit modèle. Il peut aisément se dissimuler dans une poche et convient très bien pour l'ouverture des fenêtres. Le grand modèle est réservé aux coffres-forts. Quant à ce grand levier, c'est ce que l'on appelle une barre à mine. Avec ça, on peut forcer la porte d'un fourgon postal...

Pendant un long moment, on entend au rez-de-chaussée un tintamarre de pièces métalliques que l'on choque, d'objets que l'on démolit, et une symphonie d'exclamations, de rires et de jurons, témoignant d'une vive activité. Puis le chef déclare :

— Parfait ! Après cette brillante démonstration, pour nous dégourdir un peu les muscles, nous allons refaire une séance d'escalade. Alpaga, monte avec moi !

Aussitôt, Fantômette grimpe l'escalier à toute allure, s'introduit dans l'armoire et tire la porte derrière elle.

Un moment après, les deux bandits pénètrent dans la pièce. À travers la fente qui s'allonge entre le battant et le côté du meuble,

Fantômette observe le Furet. Il tire un chronomètre de sa poche, s'approche de la fenêtre et s'accoude au balcon. Il se penche vers l'extérieur et crie :

— Gégène, à toi l'honneur ! Attention ! Tu es prêt ? Partez !

Il y a un instant de silence, puis un cliquetis : un grappin vient de s'accrocher au balcon. Le Furet compte les secondes à voix haute. À la sixième, la silhouette du monte-en-l'air apparaît dans l'encadrement de la fenêtre. Le Furet s'exclame :

— Bravo, Gégène ! Tu as gagné une seconde sur la dernière fois. Vous aviez tous fait moins de sept secondes, mais nous allons voir aujourd'hui si vous descendez à moins de six.

Tour à tour, les trois autres jeunes bandits montent en se servant de la corde. Le Furet les félicite et commente cet exploit :

— Parfait ! Vous êtes en progrès. Mais vous avez pu vous rendre compte qu'avec le balcon, l'escalade est très facile, puisque le grappin s'y accroche tout de suite. Nous allons recommencer maintenant en le démontant. Et il faudra que votre grappin vienne mordre sur l'appui de la fenêtre, qui est lisse. Ça demande de l'adresse, hein ? Gégène, passe-moi la clé anglaise, que je déboulonne le balcon. Elle est dans l'armoire...

Fantômette pâlit soudain et sent sa respiration se couper. La porte de l'armoire s'ouvre.

Jamais, au cours d'une vie pourtant tumultueuse, la jeune aventurière ne s'est trouvée dans une situation aussi embarrassante. Ce qui la gêne le plus n'est point tant le danger dans lequel elle se trouve, que le fait d'être surprise comme une coupable ; comme une voleuse en visite chez des gens qui ne l'ont pas invitée.

Le Furet émet un petit sifflement qui exprime à la fois la surprise, l'ironie et le contentement. Il grimace un sourire, allume un cigare et lance ironiquement :

— Tiens, tiens ! Quelle charmante apparition ! Qui donc nous fait l'honneur de nous rendre visite ? Qui ? L'intrépide Fantômette, voyons ! Celle qui défend la veuve et l'orphelin. La justicière, le don Quichotte des temps modernes ! Ha, ha ! Le diable me récompense si je m'attendais à celle-là !

Notre aventurière recouvre aussitôt son sang-froid. Elle sort posément de l'armoire, esquisse une révérence et répond en souriant :

— Je suis en effet celle que vous avez annoncée. Fantômette, pour vous servir...

Le Furet a un petit rire satisfait, mais inquiétant. Il interroge :

— Maintenant que les présentations sont faites, j'aimerais savoir ce que tu fais dans cette armoire ?

— Je vais m'empresser de répondre à votre question, cher Furet.

Ébahis, les quatre jeunes gens contemplent cette scène en ouvrant de grands yeux. Gégène pointe un doigt vers la justicière en demandant :

— Mais, cette fille-là, vous la connaissez, patron ?

— Bien sûr, mon petit. Cette charmante

personne est une vieille connaissance. C'est elle qui a eu la gentillesse de m'envoyer en prison à plusieurs reprises. Oui, chaque fois que je m'évade, elle trouve un moyen pour me faire retourner entre quatre murs. C'est un petit jeu qui l'amuse beaucoup, paraît-il. N'est-ce pas, chère amie ?

— Vous l'avez dit, mon cher Furet. Et une fois de plus je vais avoir l'occasion d'y jouer.

Le Furet jette son cigare à terre et l'écrase d'un coup de semelle.

— Je ne suis pas de ton avis, ma petite. Ta carrière de trouble-fête va prendre fin aujourd'hui même.

— Diable ! C'est votre petit doigt qui vous l'a dit ? Alors, votre petit doigt se fourre dans votre œil jusqu'au coude !

Agacé par le persiflage de son ennemie, le Furet s'avance vers elle en serrant les poings.

Il grommelle :

— Assez ri ! Je suis fatigué d'avoir toujours une gamine dans mes jambes. Tu n'as toujours pas répondu à ma question. Que faisais-tu dans cette armoire ?

— J'y prenais l'air...

— Et il y a combien de temps que tu es là-dedans ?

— Je n'ai pas pris la peine de chronométrer, figurez-vous. Cela doit faire cinq petites minutes.

— Et avant ?

— Avant ? J'étais au bas de l'escalier. Je me délectais à écouter le vacarme que vous faisiez avec vos instruments.

— Hein ? Tu es donc au courant ?...

Fantômette enroule autour de son index droit une mèche de ses cheveux noirs et dit d'un ton joyeux :

— Bien sûr ! Je suis au courant de tout, moi ! C'est tellement amusant de regarder ce que vous mijotez, vous, Alpaga, Bulldozer et ces quatre jeunes. Je m'intéresse tellement à vos petites affaires que je ne vous lâche pas d'un millimètre. Si j'étais journaliste, je pourrais écrire un article sur vos activités, avec un gros titre : « Le Furet fonde une école de voleurs. » Ou encore : « Le Furet, professeur de cambriolage. »

Le bandit fronce les sourcils, serre les dents, puis gronde :

— Comment sais-tu cela ? Qui t'a mise au courant ?

— Bah ! C'est élémentaire, mon cher Furet. Vos jeunes élèves s'habituent à faire de l'escalade sur la façade, tantôt en s'aidant d'un balcon démontable, tantôt avec une fenêtre nue. Ce qui est un bon exercice pour le lancement du grappin. Et vous mesurez le temps qu'il leur faut, comme s'il s'agissait de champions olympiques. Puis vous leur apprenez à découper des carreaux à la manière des cambrioleurs, qui empêchent la vitre de tomber en la collant avec du mastic ou une ventouse. Vous leur enseignez l'art de briser une porte de coffre-fort, de forcer une serrure au moyen du matériel que vous avez apporté ici, au rez-de-chaussée. Cette propriété a été transformée en camp d'entraînement. Quand vous aurez bien formé vos élèves, vous disposerez d'une bonne équipe pour entreprendre des opérations importantes. Le pillage d'une région, l'attaque d'une série de banques, par exemple...

Le Furet se caresse le menton, puis se tourne vers Alpaga qui arrange artistiquement ses ondulations au moyen d'un peigne en argent.

— Tu l'entends, Alpaga ? Elle a deviné nos plans !

— Oui, chef. J'ai l'impression qu'elle en sait long.

— *Beaucoup trop long.*

Le jeune Gégène demande avec angoisse :

— Mais alors, chef, elle va nous dénoncer à la police ?

D'un geste, le Furet apaise les craintes de l'apprenti-voleur. Il ricane :

— Ne t'inquiète pas, petit. Elle n'est pas près d'aller bavarder. Nous allons maintenant nous occuper d'elle. Aussi vrai que l'on m'a condamné à trois cent cinquante ans de prison au total, je te garantis qu'elle ne parlera pas !

Messieurs, ficelez-moi soigneusement cette punaise !

Les bandits se jettent sur Fantômette, lui arrachent sa corde d'escalade et la ligotent sans même qu'elle ait tenté le moindre geste pour se défendre. Comment aurait-elle pu le faire ? Ils sont nombreux et armés. Alpaga joue négligemment avec un couteau ; les jeunes voleurs tiennent encore des barres d'acier. Toute résistance est inutile.

On descend les marches. Le Furet ordonne à Gégène de jeter un coup d'œil sur la route, pour s'assurer qu'aucun témoin gênant ne se trouve dans les parages. Le jeune bandit revient en hochant la tête.

— Personne. Rien en vue.

— Parfait, nous pouvons y aller. Bulldozer, viens ici !

Le gros bonhomme s'approche. Le Furet désigne la tour en expliquant :

— Grimpe sur l'échafaudage jusqu'au niveau de la fenêtre.

— Et quand je serai là-haut, chef ?

— Tu jetteras Fantômette à travers la fenêtre, dans l'intérieur de la tour.

— Ah ! Je la jette dans la tour ?

— Oui.

— Elle va tomber par terre, alors ?

— Évidemment. Ne cherche pas à comprendre, fais ce que je te dis !

— Bon, bon.

Le gros bandit, qui a les muscles des bras plus développés que ceux du cerveau, empoigne la prisonnière, la hisse sur son épaule et monte sur les planches de l'échafaudage qui s'élève contre la tour. Fantômette proteste :

— Ah ! non, je ne suis pas d'accord ! Si on me laisse tomber dans la tour, j'exige qu'au préalable on me fournisse un parachute. Un beau, en soie naturelle rouge et noire, assortie à ma cape.

Le Furet hausse les épaules et grince :

— Ça suffit ! On t'a assez entendue. Vas-y, Bulldozer, lance-la !

Bulldozer soulève Fantômette et la jette à

travers la fenêtre en ogive, dans la tour. Il y a une seconde de silence, puis un grand cri de douleur. Le Furet se frotte les mains.

— Parfait ! Elle doit avoir les jambes cassées. Attends, Bulldozer, ne redescends pas. Nous avons encore besoin de toi.

— Pour quoi faire ?

— On va te passer du matériel que tu vas balancer sur Fantômette. Tenez, vous autres, apportez des vieilles caisses, des sacs de plâtre... Ces briques que j'aperçois au fond du jardin... Ces bouteilles vides, là-bas... Et cette brouette...

Rapidement, les bandits réunissent tous les objets épars qui peuvent leur tomber sous la main, et les montent jusqu'à Bulldozer qui les rejette à l'intérieur de la tour. Le Furet approuve :

— Très bien ! Ajoutez aussi ce vieil arrosoir, et le châssis de la fenêtre qui nous a servi au sous-sol...

Gégène fait remarquer :

— J'ai vu des sacs de charbon à la cave...

— Qu'on aille les chercher aussi. Ça fera un bon cataplasme sur la Fantômette !

Le gros Bulldozer descend de la tour, se rend à la cave et commence à rapporter les sacs sur le chantier.

C'est alors qu'une tête curieuse apparaît au-dessus de la palissade.

Chapitre 9

Les idées de Ficelle

La récolte de mauvaises graines est tout bonnement fabuleuse ! La grande Ficelle s'est munie d'un sac en papier ayant précédemment contenu des cacahuètes achetées par Boulotte. Et ce sac se trouve bientôt rempli, grâce à ces mille petits grains, ces gousses ou ces capsules qui perchent sur les plantes des talus ou des fossés.

Cette expédition botanique se termine dans

le bois des Sauterelles. Ficelle cherche des champignons comestibles d'où elle pense pouvoir extraire du poison inoffensif. Elle examine de très près trois ou quatre spécimens et demande à la joufflue :

— Dis donc, toi qui es spécialiste en cuisine, ils sont comestibles ou non ?

D'un signe vague, Boulotte exprime son ignorance. Elle répond :

— Pour être sûre que les champignons soient bons à manger, je les achète au marché. Mais ceux-là... je ne sais pas.

— Alors, il vaut peut-être mieux ne pas y toucher. Pour faire du poison inoffensif, je remplirai une bouteille avec de l'eau, et je collerai une étiquette avec une tête de mort verte sur fond rouge. Ce sera épouvantable !

Ravie d'avoir trouvé cette charmante solution, Ficelle saute en l'air, tire sur les nattes de Boulotte pour les allonger, et chante à tue-tête le nouveau refrain à la mode « *Qu'il est mal manché ! Qu'il est distingué !* »

Les deux naturalistes parviennent à la lisière

du bois et débouchent devant le tournant de la route départementale, à cent mètres de la maison au balcon mystérieux. Ficelle regarde la tour, dont la haute silhouette dépasse la clôture. Juché sur un échafaudage, un grand gaillard jette des objets dans la tour, à travers une fenêtre. Intriguée, Ficelle confie à Boulotte :

— J'ai bien envie de voir cette tour de près. Je vais la photographier...

— Mais... Les ouvriers ont protesté quand tu as voulu faire des photos de la maison...

— Bah ! Si tu crois qu'ils me font peur !

— Et puis tu n'as pas emporté ton appareil.

— Comment ? Ah ! Tu as raison, je l'ai laissé chez nous. Tant pis ! Je veux quand même voir cette tour de près. À mon avis, c'est un décor de cinéma. On va sûrement tourner un film dans cette propriété.

Les deux amies traversent la route, s'approchent de la palissade. Ficelle jette un coup d'œil par le trou, mais son champ de vision est limité par une planche qui s'appuie contre la clôture. Elle dit à Boulotte :

— Fais-moi la courte échelle. Je vais poser un regard d'aigle sur cette tour.

— Ensuite, ce sera à moi...

— D'accord. Croise les mains pour faire un marchepied.

Boulotte entrelace ses doigts et aide Ficelle à se hisser au niveau supérieur de la palissade. Trois secondes plus tard, une voix d'homme s'élève :

— Dites donc, vous ! Qu'est-ce que vous fabriquez ici ? Qui vous a permis de nous espionner ?

Sans se démonter, Ficelle répond :

— Je viens voir ce que vous faites ! Je suis une future formidable journaliste, et je pose mon regard de faucon sur votre tour. C'est un décor de cinéma, non ? Je parie que vous allez tourner une superproduction intitulée *La Tour, prends garde !* Si vous avez besoin d'une vedette, je suis là ! Mes talents de comédienne sont bien connus ! J'ai eu un grand rôle de figurante dans une pièce que nous avons montée à l'école. Ça s'appelait *Tout va très mal, madame la Marquise*. J'ouvrais la porte du salon et j'annonçais d'une voix forte et intelligente : « Madame la Marquise est servante ! » Non, je veux dire : est servie. C'était un formidable rôle qui m'a valu l'honneur d'être sifflée par tout le monde ! Quel succès !

Une demi-douzaine d'hommes se trouvent dans le jardin. Ils transportent des objets divers, des sacs, des pierres. Ils se sont interrompus lorsque Ficelle a commencé son discours, et s'approchent d'elle. Le Furet reconnaît cette fille, qu'il a déjà vue à plusieurs reprises. Il fronce les sourcils, murmure entre ses dents :

— Que vient-elle faire ici, cette idiote ? Ce n'est vraiment pas le moment...

Alpaga dit à voix basse :

— Chef, on la balance dans la tour, comme la Fantômette ?

— Attends, Alpaga, j'ai une meilleure idée.

Arborant un grand sourire sur son visage, le

Furet s'avance vers la grande fille dont la tête dépasse de la palissade. Il s'exclame joyeusement :

— Tiens ! Mais c'est notre chère Ficelle ! Comment allez-vous, belle personne ? Ravi de vous voir !

La grande Ficelle sait qu'elle a affaire à un bandit, mais cet accueil chaleureux indique clairement qu'il est maintenant devenu honnête. Elle répond :

— Bonjour, monsieur du Furet ! Que vous êtes joli, que vous me semblez beau ! Vous tournez un film, n'est-ce pas ? Cette tour, c'est le décor ?

— Parfaitement ! Un grand film avec des costumes historiques.

— Oh ! Est-ce que je vais pouvoir en faire partie ! Je viens d'expliquer aux autres messieurs que je suis une grande artiste...

— Mais certainement, ma chère Ficelle, je me ferai un plaisir de vous réserver un grand rôle.

— Une marquise ?

— Mieux : une princesse.
— Oh ! Une princesse !
— Parfaitement.
— Et quand est-ce que vous tournez ?
— Pas avant une semaine. Il vous faudra un peu de patience, ma chère Ficelle.
— Ah ! Je suis plongée dans un gouffre de ravissement, monsieur le Furet !
— J'en suis très heureux. Mais maintenant, il faut que vous laissiez travailler notre personnel. Ah ! Une recommandation : n'allez pas raconter partout que nous préparons un film, sinon des concurrents pourraient avoir l'idée de tourner le même film avant nous. Tout serait perdu, et vous n'auriez plus de rôle.
— Oh !
— Parfaitement ! Alors, je vous recommande le plus grand silence !
— Entendu, monsieur Furet. Je serai discrète comme une momie.

Boulotte, qui est restée au bas de la palissade, mais n'a rien perdu de la conversation, demande à son tour :

— Et moi, j'aurai un rôle ? Je voudrais jouer une cuisinière...

Le bandit assure que Boulotte aura un grand rôle de cuisinière, et les deux filles, la joie dans l'âme, repartent vers la ville.

Le Furet s'éponge le front.

— Ouf ! J'ai bien cru que ces deux crétines n'allaient jamais s'en aller. Bulldozer, envoie les sacs de charbon dans la tour !

Reprenant le travail interrompu, le gros Bull charge les sacs sur son épaule, grimpe à l'échafaudage et les rejette à l'intérieur de la construction. Lorsque sept ou huit sacs sont ainsi lancés, le Furet lève la main.

— Ça suffit comme ça ! Elle a maintenant une tonne de détritus sur l'estomac, la Fantômette ! Nous pouvons repartir.

Satisfait, il allume un cigare et conclut :

— Voilà une bonne chose de faite. Elle ne viendra plus nous casser les pieds, cette sale gosse !

Voilà toute l'oraison funèbre de la jeune aventurière.

Chapitre 10

Grands projets

— Fantastique ! Super ! Pétaradant ! Je vais devenir une grande star du cinéma mondial ! On va voir mon fin visage et mes grands pieds sur les affiches ! Je vais gagner des milliards ! Je pourrai prendre des premières dans le métro !

Ficelle sent son cœur battre à la cadence d'une mitrailleuse. Être une vedette à l'écran ! Un rêve qui se réalise d'une manière inespérée. C'est plus que de la joie, c'est un éblouissement. La grande fille, haletante, confie à Boulotte :

— Ah ! Tu ne sais pas ce que je peux être contente ! Quand Françoise va apprendre ça ! Et Isabelle, et Colette ? Elles vont devenir bleues de jalousie et en crever tout debout !

— Tu as promis de ne rien dire...

La grande fille balaie d'un geste cette objection :

— J'ai promis de ne rien dire aux gens que je ne connais pas. Mais je peux bien parler aux amies. D'ailleurs, je leur ferai jurer de ne rien répéter à personne. Comme ça, le secret restera aussi épais que tes tartes aux pommes.

— Elles sont épaisses, mes tartes aux pommes ?

Mais Ficelle n'a pas le loisir de répondre. Elle pousse un cri, se met à courir, et ramasse une pierre qui traîne sur le bord de la route. Intriguée, Boulotte s'approche et demande :

— Pourquoi ramasses-tu ce caillou ?

— Comment, tu as déjà oublié notre

musée ? Ce n'est pas parce que nous allons faire du cinéma qu'il faut oublier l'exposition. Regarde bien cette pierre.

— Oui, je vois.

— Tu remarques qu'elle est bien blanche et lisse...

— Et alors ?

— Alors, il y a de la place pour écrire quelque chose dessus. Avec un feutre, je vais mettre que c'est une pierre blanche, pour marquer les bons jours. Quand il se passe un événement heureux, on dit toujours qu'il faut le marquer d'une pierre blanche. Ce sera une très belle pièce pour mon musée ficellien.

La grande fille fait trois pas, s'arrête soudainement et appuie son index droit contre sa tempe, comme pour faire jaillir une pensée de son crâne. Elle s'exclame :

— Attends, Boulotte ! Il me vient une idée inoubliable.

— Ah ! Qu'est-ce que c'est ? Encore une histoire de pierre ?

— Non, non. C'est au sujet de notre

musée. Une idée absolument suprême. Tu vas en tomber à la renverse sur ton gros derrière ! Notre musée, il faut que nous le fassions *en forme de musée !*

Perplexe, la gourmande mord dans une tablette de nougat et demande des précisions.

Ficelle prend un air fin pour expliquer :

— Voilà. Au lieu d'avoir un stand tout bête en forme de baraque foraine, nous allons reconstituer le musée Gavroche-Durand !

— Tu veux dire Gontran-Gaétan ?

— C'est ça ! On va le faire en plus petit, bien sûr. Mais il faudra qu'il ait le même aspect. On le fera en bois recouvert de toile, et cette toile on la peindra en gris pour lui donner l'allure d'une vieille muraille. On mettra des fenêtres avec des vitraux de toutes les couleurs, et on recouvrira le tout avec de l'ardoise en carton noir. Il faudra aussi ajouter des gratouilles...

— Des gargouilles ?

— Oui, les espèces de bestiaux qui

crachent de l'eau quand il pleut. Ce sera énormément moyenâgeux !

Enchantée d'avoir eu autant de bonnes idées en si peu de temps, Ficelle entraîne son amie en chantant de plus en plus faux le grand succès : *Qu'il est mal manché ! Qu'il est distingué !*

*
* *

Les deux amies ne rentrent pas directement à la maison. Elles font un détour pour passer à la papeterie favorite de Ficelle, où celle-ci fait l'emplette de trois feuilles de papier à dessin et de deux gros marqueurs, l'un rouge, l'autre noir. Elle confie à Boulotte :

— Avec ça, je vais peindre trois tableaux célèbres, dont on parle tout le temps mais qu'on ne voit jamais. Tu devines lesquels ?

— Non.

— Je vais t'expliquer. Ils feront un effet mirobolant dans notre musée. La première feuille, je vais la laisser telle qu'elle est. Je l'appellerai : *Lapin blanc mangeant du riz au lait pendant une tempête de neige au pôle Sud.*

— Ah ! Pourquoi ?

— Comment, tu ne comprends pas que tout ça est blanc sur fond blanc ?

— Ah ! oui. Et les autres ?

— Le deuxième tableau, je vais le barbouiller entièrement en rouge. Ce sera *Le Diable mangeant de la confiture de fraises.* Et le troisième sera entièrement noir. Ce sera le fameux *Combat de Noirs dans un tunnel.*

Boulotte réfléchit et suggère :

— Je préférerais *Chat de sorcière mâchant un rouleau de réglisse dans une mine de charbon.*

Cette conversation artistique se poursuit jusqu'au logis. Les deux filles y parviennent en même temps que Françoise, qui vient justement leur rendre une petite visite. Ficelle se précipite :

— Ah ! Françoise ! Tu ne devineras jamais

l'événement surnaturel qui vient de traverser mon existence tumultueuse ! Un truc fantastique, super ! Un machin énorme ! J'en suis complètement babate !

— Tu as trouvé une pièce d'un franc sur le trottoir ?

— Non !

— Tu n'as pas eu de verbes à copier, cette semaine ?

— Pas du tout. C'est encore plus farineux !

— Pharamineux, tu veux dire ?

— Oui. Je n'arrive pas à en croire mes yeux, ni mes oreilles, ni mon nez !

— Alors, je ne vois pas. Qu'est-ce que c'est ?

Les trois amies viennent d'entrer dans la maison. Ficelle marque une pause pour donner plus de poids aux paroles qu'elle va prononcer, puis elle révèle :

— Je vais devenir une énorme vedette du cinéma !

— Toi ? Tu vas faire du cinéma ?

— Parfaitement, ma petite Françoise.

— Moi aussi ! ajoute Boulotte en courant vers la cuisine.

Françoise lève un sourcil, surprise.

— Vous allez faire du cinéma, toutes les deux ?

— Parfaitement ! Aussi vrai que six fois sept font trente-quatre !

— Et qui donc va vous faire tourner un film ?

— Ah ! Ça, tu ne devineras jamais. Je ne peux le dire à personne, parce que c'est un gros secret. Tiens, approche-toi, que je te le dise à l'oreille...

Ficelle se penche vers Françoise et murmure :

— Le Furet.

La brunette sursaute.

— Quoi ? Le Furet ? Qu'est-ce que c'est, cette histoire de fous ? Tu me racontes des blagues...

— Mais pas du tout. Tiens, demande à Boulotte si c'est des mensongeries... Hein,

Boulotte, que le Furet va nous faire tourner un film ?

Sa bouche étant remplie par une demi-pomme, la joufflue approuve d'un vigoureux mouvement de tête. Ficelle triomphe :

— Ah ! Tu vois ce que je t'ai dit ? D'ailleurs, j'avais deviné tout de suite que la tour, c'était un décor de cinéma. Les prises de vues vont commencer la semaine prochaine. Moi, je serai une princesse véritable qu'on enfermera dans la tour. Mais le prince Charmant viendra me délivrer, et il m'emmènera sur son cheval blanc. Il y aura un grand repas de noces préparé par Boulotte. On mangera des poulets en carton et des gâteaux en plastique. Il faudra faire semblant, bien sûr...

Françoise s'assied sur un bras de fauteuil et se met à siffloter en réfléchissant. Ficelle a un petit sourire narquois.

— Ah ! Je sens que tu es jalouse, Françoise. Toi aussi, tu voudrais bien faire partie de cette superproduction. Mais tant pis pour toi ! Tu n'avais qu'à être là... Qu'est-ce que tu as fait, pendant que nous allions chercher des mauvaises graines ? Je parie que ta flemme bien connue t'a vissée dans ton lit, avec un bouquin ?

— Pas du tout. J'ai trouvé un objet pour ton musée.

— Ah ! Fais voir !

Françoise ouvre une enveloppe et en sort une petite cordelette.

— Tiens, voilà.
— Qu'est-ce que c'est ?
— Une corde sans bouts.
— Comment, sans bouts ? Qu'est-ce que tu me racontes ? Je vois bien qu'elle a deux extrémités ! Une corde, ça a toujours deux bouts !

— Pas celle-là. Tiens...

Françoise plonge de nouveau la main dans l'enveloppe et en extrait deux petits morceaux de corde.

— Regarde. Voilà les bouts. Je les ai coupés avec des ciseaux. Tu as donc bien une corde sans bouts !

L'œil de Ficelle s'illumine. Elle saute au cou de Françoise en s'écriant :

— Ah ! Ce que tu es gentille ! Je n'aurais pas eu l'idée de ça. Et pourtant, je suis très fine ! Je le sais parce que Mlle Bigoudi me l'a dit. L'autre jour, quand elle a demandé : « À quoi sert le blé dur ? », j'ai répondu : « À faire du pain rassis. » Et elle m'a dit : « Mademoiselle Ficelle, vous êtes vraiment fine ! »

Tandis que la fine fille contemple son échantillon de corde, Françoise se remet à méditer. Le Furet serait donc devenu cinéaste ? Cela ne cadre pas du tout avec l'activité qu'il déploie sur le chantier. Les hommes qui l'entourent ne s'occupent pas de cinéma, mais de cambriolages. Elle demande à Ficelle de lui donner quelques précisions, et la grande fille ne se fait pas prier pour raconter comment elle s'est perchée sur la clôture, puis comment elle a bavardé avec le Furet. En conclusion, elle affirme :

— Si j'ai été choisie comme grande vedette de ciné, c'est parce qu'on a reconnu mes fantastiquement gigantesques qualités de comédienne. Le Furet s'est rendu compte qu'il n'a pas eu affaire à une actrice de haute qualité, et il m'a tout de suite engagée ! Maintenant, je vais me dépêcher de terminer le musée, et m'entraîner devant une glace à prendre des poses de princesse. Ah ! En ce moment, j'étouffe d'activités débordantes !

Le reste de la soirée est occupé par la confection d'étiquettes correspondant à chaque pièce du musée, et à l'établissement d'un catalogue. De plus, Ficelle trace les plans du musée, en tirant la langue pour plus d'efficacité. La construction doit commencer dès le lendemain matin, sur un petit terrain de sport attenant à l'école. Comme il sera nécessaire de se lever tôt, Ficelle recommande à ses amies de se mettre au lit de bonne heure. Elle donne d'ailleurs l'exemple en se couchant dès huit heures. Mais le sommeil tarde à venir. La grande fille se voit déjà devant les caméras, sous les projecteurs qui font scintiller les broderies argentées qui ornent sa robe à paniers.

Elle fait la révérence au roi de France — coiffé d'une perruque et d'un tricorne — en lui disant :

— Majesté, je suis la dévorante serveuse de Votre Sire !

*
* *

Contrairement aux recommandations de Ficelle, Françoise ne se met pas au lit. Elle monte sur une chaise, décroche un tableau (œuvre de Ficelle) qui représente un éléphant sur une planche à roulettes. Une niche creusée dans le mur apparaît. À l'intérieur se trouvent deux objets rectangulaires, en plastique gris, reliés par un long fil électrique. Françoise sourit et murmure :

— Je crois que je vais bien m'amuser...

Chapitre 11

Le rire dans la nuit

— Allons, Gégène. Un peu de nerf... Voilà, tu y es presque. Encore un petit effort... Pose le pied gauche sur le rebord de la fenêtre... Très bien. Maintenant, à toi, Alpaga !

Au pied de la tour, le Furet donne des ordres à ses hommes qui en ont entrepris l'escalade. La nuit est noire et les chenapans opèrent à l'aveuglette. Alpaga déclare, du ton distingué qu'il a coutume de prendre pour prononcer la moindre phrase :

— Mon cher Furet, l'absence notoire de lumière contrarie fortement nos mouvements. Ne croyez-vous point qu'un lumignon faciliterait considérablement notre besogne ?

— Et puis quoi encore ? Il te faut peut-être une rampe de théâtre, ou un studio de télévision avec projecteurs en pagaille ? Si j'ai pris la peine de faire construire cette tour, c'est pour que vous puissiez vous entraîner dans les mêmes conditions que celles que nous aurons. Et comme notre affaire se passera en pleine nuit, il faut s'entraîner dans le noir. Un point, c'est tout.

Le Furet et ses complices utilisent une longue échelle de bois et des cordes. Gégène a atteint le dernier barreau. Alpaga le suit. Au sol, le gros Bulldozer maintient l'échelle, pendant que les jeunes apprentis-voleurs déroulent des câbles en nylon. Le chef demande :

— Alors, Gégène, qu'en penses-tu ? La

fenêtre du deuxième étage est bien accessible ?

— Non, pas très. Et je ne crois pas qu'on pourra facilement tendre une corde entre les deux gargouilles...

— Ah ! Descendez, je vais aller voir ça.

Les deux escaladeurs reviennent au sol et le Furet prend leur place sur la tour, armé d'un mètre ruban. Il prend des mesures, puis redescend en disant :

— Oui, ça va être difficile. Essayons de poser une planche sur les gargouilles. Cela formera une sorte de pont qui nous facilitera le travail. Attention, je vais vous chronométrer...

La montée recommence. Les voleurs installent une planche horizontalement, la ligotent aux têtes de dragons formées par les gargouilles en bois. Le Furet fait un signe d'approbation :

— C'est bon, mais il faut encore aller plus vite. Nous allons employer les échelles télescopiques. Bull, va les chercher ! Vous, là-haut, retirez la planche et descendez. Nous allons reprendre cette opération à zéro.

Les voleurs font coulisser les éléments de deux échelles, remettent la planche en place et l'attachent.

— Terminé ! annonce Gégène.

Le Furet stoppe son chronomètre.

— Bravo ! Nous avons gagné vingt-huit secondes et six dixièmes... Presque une demi-minute ! C'est important, pour ce genre de travail. Bien. Passons maintenant à l'ouverture de la fenêtre. À toi, Bulldozer !

Le gros homme grimpe à l'échelle avec une agilité que son poids ne ferait pas soupçonner. D'une poche spéciale cousue à l'intérieur de son veston, il tire une pince-monseigneur en acier au vanadium — donc très résistant —, revêtue d'une épaisse couche de peinture noire (antireflets) caoutchoutée (antichocs).

Puis il attaque le cadre de la fenêtre ogivale. Il ne lui faut que quinze secondes et trois dixièmes pour l'ouvrir. Le Furet, qui a observé la scène d'un œil perçant, crie au gros homme :

— Parfait ! Tu peux revenir. J'ai maintenant tous les éléments nécessaires pour mon minutage.

En s'éclairant avec une lampe de poche que tient Alpaga, il tapote sur les touches d'une calculatrice :

— Nous avons dit : quinze secondes pour franchir la grille... huit pour traverser la cour... vingt-deux pour ajuster les échelles... une minute trois pour l'escalade et la mise en place de la planche... Comptons seize secondes pour l'ouverture de la fenêtre...

Il annonce :

— Messieurs, l'ensemble de l'opération représente un peu plus de deux minutes. À condition de ne pas dormir, bien sûr.

Alpaga ajuste son nœud de cravate et demande :

— Croyez-vous que nous réussirons, chef ?

— Oui, évidemment. Je suis toujours sûr de ce que je fais. Je prépare chaque phase minutieusement. Je ne laisse rien au hasard. C'est d'ailleurs en quoi je diffère des cambrioleurs ordinaires, qui ne prennent aucune précaution. Avec moi, tout est prévu. Pas de surprise. C'est ce qui fait ma supériorité.

Il allume un cigare et interroge :

— Tout est au point, messieurs ? Chacun sait ce qu'il a à faire ? Bien. Alors, nous commencerons l'opération à 21 heures exactement. Quand tout sera terminé, rendez-vous ici même.

— Et s'il y a un pépin ? questionne Alpaga.

— Il n'y en aura pas. La seule personne qui pouvait nous causer des ennuis, c'était Fantômette. Et vous savez où elle est en ce moment. Là-dedans...

Il donne un coup de pied dans la base de la tour. C'est alors qu'on entend un petit rire moqueur. Un rire *qui vient de l'intérieur de la tour.*

Le Furet demande d'une voix tremblante :

— Qui a fait cela ? Qui vient de rire ? C'est toi, Alpaga ?

— Pas du tout, chef.

— Alors, c'est Gégène ?

— Non... non, pa... patron.

— Alors, lequel d'entre vous ? Lequel ?

Inquiets, les complices se taisent. D'une voix blanche, Alpaga balbutie :

— Dites... dites, chef, vous... vous êtes sûr *qu'elle est bien morte ?*

Le Furet serre les poings et crie :

— Tais-toi, imbécile ! Elle est sous une brouette, sous des briques, des pierres, des outils, sous dix sacs de charbon ! Elle est là-dessous, écrasée, écrabouillée, aplatie comme une punaise !

De nouveau, le petit rire ironique se fait entendre. Gégène gémit :

— Allons-nous-en, chef ! Partons d'ici...

Ses jeunes camarades approuvent :

— Oui, partons. Il se passe des choses... des choses inquiétantes. Allons-nous-en !

Énervé, le Furet les injurie, tape du pied et

déclare qu'il assommera celui d'entre eux qui s'est livré à cette plaisanterie de mauvais goût. Finalement, il donne le signal de la retraite. Les bandits sortent du jardin, remontent en voiture et partent.

Un moment s'écoule. Un mince croissant de lune qui s'était caché derrière des nuages noirs apparaît, laissant tomber une faible lueur sur le jardin, les débris de bois et les sacs de plâtre vides.

Si un observateur se trouvait là, il pourrait apercevoir une mince silhouette qui se faufile entre la palissade et un tas de sable, s'approche de la tour, se baisse et soulève une planche qui dissimule une petite boîte rectangulaire. Le visiteur nocturne la saisit, enroule un fil électrique qui court dans l'herbe, récupère une seconde boîte cachée derrière le tas de sable. Puis il franchit la clôture avec l'agilité d'une panthère, et disparaît au cœur de la nuit.

Chapitre 12

La construction du musée

— Attention où tu mets les pieds ! Tu vas marcher dans le pot de peinture !

— Hé ! Où avez-vous caché le pinceau à colle ? Je ne le trouve plus.

— C'est Boulotte qui l'a pris. Elle s'en sert pour barbouiller la tente.

— Et le pistolet agrafeur, où est-il passé ?

— Aïe ! Je me suis tapé sur les doigts !

— Tu n'as qu'à te servir du marteau à deux manches.

— Colette, où est le crâne de Louis XIV enfant ?

— C'est Françoise qui est assise dessus.

— Et l'os du foie ? J'avais apporté un os de foie, pour mettre à côté du squelette désossé... Où l'avez-vous fourré ? Ah ! on ne peut rien retrouver, dans ce bazar !

Une intense activité s'est emparée du terrain de sport où l'on prépare dans la fièvre la Fête des Écoles. Sous la supervision de Mlle Bigoudi, trois groupes travaillent à l'établissement de trois stands. Le premier est une cabane en bois couleur bleu ciel, qui va servir de buvette. On pourra y trouver, en plus des jus de fruits, de délicieux sandwiches au saucisson. C'est évidemment Boulotte qui sera chargée de le tenir. Le deuxième, qui a la forme d'une estrade couverte, constituera le podium où l'on présentera des chanteurs, des danseurs et des comédiens. En tant que future vedette de cinéma, Ficelle a sollicité l'honneur de s'en occuper. Ce qui ne l'empêche pas de participer à la mise en place du troisième stand, qui est une reconstitution du musée Gontran-Gaétan.

Boulotte apporte également son aide, tenant d'une main un millefeuille, de l'autre un pinceau qui lui sert à barbouiller une toile avec de la peinture grise, de telle manière qu'elle reconstitue les murailles de pierre de l'authentique musée. Ficelle, tout en chantant *Ah ! c'que j'suis folâtre, j'ai une jambe dans l'plâtre !* — le nouveau 45 tours —, enveloppe de papier crépon rouge les planches sur lesquelles on va poser les objets précieux. Quant à Colette, Isabelle et Françoise, elles collent du papier d'emballage sur une carcasse en bois, pour figurer la Tour du Trésor, où l'on trouvera une copie du diadème de Berthe au grand pied. Copie qui sera présentée sous l'étiquette : *Imitation véritable*.

Ces travaux se font dans une joyeuse ambiance, ponctuée de rires, d'exclamations et de petits cris. De temps en temps, une camarade de classe vient jeter un coup d'œil sur la construction, ou apporte une pièce rare telle qu'un dénoyauteur à groseilles ou un couteau à couper les cartes. Ou bien, une des ouvrières interrompt son travail pour voir si les autres stands avancent plus vite. Boulotte, en particulier, vient souvent vérifier si la buvette est en bonne voie d'installation.

À midi, on arrête le travail pour déjeuner à la cantine de l'école. Mise en appétit par le travail qu'elle vient de fournir, Boulotte profite de la distraction de Françoise pour lui voler sa part de frites.

— Tu m'as l'air de réfléchir beaucoup, Françoise ? À quoi penses-tu ?

— À des choses...

Ficelle intervient :

— Au lieu de penser à des choses, tu ferais mieux de t'occuper du diadème de Berthe la grande piéteuse. Avec quoi allons-nous le faire ? J'ai des diamants en plastique, mais il me faudrait une monture en or. Tu as une idée, Françoise ?

La brunette paraît sortir d'un songe.

— Que dis-tu ? Ah ! oui, la monture... Je m'en occuperai, si tu veux. Tiens, j'ai une idée. Vous vous souvenez de la pièce que nous avions montée l'année dernière ? *La Fée et le Dragon.* On pourrait prendre la couronne de la fée et la retailler pour lui donner la forme d'un diadème.

— Oh ! Oui, ça sera super ! Et où est-elle, cette couronne ?

— Chez moi, dans un placard. Je l'apporterai.

Il ne reste plus qu'à régler le problème de la vitrine. Car un joyau d'une telle valeur ne peut pas être exposé à l'air libre. C'est Boulotte qui fournit la solution :

— J'apporterai une cloche à fromage. On mettra le diadème dessous, et il aura l'air d'un précieux camembert.

Aussitôt après le déjeuner, le travail reprend. Un groupe de constructeurs se remet à donner des coups de marteau tandis qu'un bataillon de filles active la digestion en répétant un pas de danse rythmique au son d'un tourne-disque. Un troisième groupe d'élèves, dirigé par Mlle Bigoudi qui s'est armée d'une baguette, chante en chœur *Il pleut, il pleut, bergère* sous un soleil éclatant.

Vers les cinq heures de l'après-midi, Ficelle commence à ramasser les objets précieux qui s'accumulent dans un coin du musée, et à les disposer sur les tréteaux habillés de crépon rouge. Elle met d'abord en place une bouteille d'eau sèche (la bouteille est vide, mais une étiquette précise le contenu), puis une boîte de poudre d'escampette et un grand bol d'air (là aussi, c'est marqué sur une étiquette). Ensuite, elle dispose une chignole pour faire des trous carrés. À côté de cet outil, une planchette est percée de trous carrés, pour bien faire voir aux visiteurs que ce n'est pas de la blague. (Précisons que Ficelle a eu beaucoup de mal à faire ces trous au moyen d'un couteau pointu et d'une râpe.)

Pendant que Ficelle s'affaire avec son matériel, Boulotte finit de barbouiller le papier de la Tour du Trésor, et Françoise donne quelques coups de lime au diadème de Berthe au grand pied. Mlle Bigoudi vient visiter le musée, lit les pancartes avec un sourire, corrige quelques fautes d'orthographe qui se sont glissées dans les inscriptions, puis désigne un vase de faïence orné de fleurs en relief :

— Et cela va figurer dans votre exposition ?

Ficelle fait un grand signe de tête :

— Oui, m'z'elle. C'est le fameux vase de Soissons.

— Mais il n'est pas cassé ?

— Non, m'z'elle. C'est pourquoi je vais écrire sur l'étiquette : *Attention très fragile !*

— Parfait ! C'est très bien, continuez...

L'institutrice se retire avec la satisfaction de voir que Ficelle — la plus mauvaise élève de l'école, de la ville et du département — a tout de même retenu l'épisode de Clovis et du guerrier franc.

À six heures du soir, le travail prend fin. Tout n'est pas terminé, mais comme la fête n'aura lieu que le surlendemain, il reste encore une journée pour terminer les préparatifs. Avant de partir, Françoise, Boulotte et Ficelle contemplent avec fierté leur tente qui, grâce aux vertus de la peinture à l'eau, a pris l'aspect ancien du musée Gontran-Gaétan. Le léger édifice de toile a la forme d'un parallélépipède, percé de deux fenêtres munies de vitraux en cellophane de toutes couleurs. L'entrée est surmontée d'un fronton où l'on peut lire, en lettres gothiques : *Musée fantaisiste.* Du côté opposé s'élève la tour, ornée de fenêtres ogivales munies d'autres vitraux multicolores.

Ficelle pose son poing gauche sur sa hanche, et d'un geste théâtral de la main droite, désigne la tour en s'écriant :

— N'est-ce pas mirifiquement magnifique ? Nous avons reconstitué dans ses moindres détails le musée médiéval Bertrand-Bernard ! Il ne reste plus que les gargouilles !

Françoise fronce soudain les sourcils.

— Quelles gargouilles ?

— Mais... celles qui sont au premier et au second... Tu ne les avais pas remarquées ?

— Ma foi, non. Tu es sûre qu'il y a des gargouilles sur la Tour du Trésor ?

— Absolument ! Ce sont des têtes de dragons. Elles sont horribles ! Ah ! s'il y en avait des comme ça sur le haut de mon armoire, je n'arriverais pas à dormir !

Françoise saisit vivement le bras de Ficelle et demande :

— Tu es sûre ? Il y a des têtes de dragons en haut du musée Gontran-Gaétan ?

— Oui. J'ai bien regardé, moi ! Je suis une grande regardeuse ! Si nous avions vécu aux époques moyenâgeuses, j'aurais été guettière en haut d'une tour. J'aurais aperçu l'ennemi venir de loin, et j'aurais pu annoncer : « Attention ! Voilà les Romains qui arrivent, avec leurs chevaux et leurs canons ! » Mais qu'est-ce que tu as, Françoise ? Tu as l'air tout agitée ?

Françoise lâche le bras de Ficelle, fait claquer ses doigts et dit à mi-voix :

— C'est donc ça qu'ils mijotent... La Tour du Trésor... J'aurais dû y penser plus tôt, mille pompons ! Ça crevait les yeux, bien sûr !

Brusquement, elle donne une petite tape sur la joue de la grande fille en s'écriant :

— Ficelle, tu es géniale !

Puis elle se précipite dans le *Musée fantaisiste,* en ressort avec le diadème de plastique. Surprise, Ficelle assiste à son départ express. Elle crie :

— Hé ! Où te sauves-tu ?

— Je vais où le devoir m'appelle !

La grande Ficelle se tourne vers Boulotte, arrondissant les yeux et la bouche.

— Qu'est-ce qui lui prend, de piquer le diadème de Marthe les grands pieds ?

Boulotte interrompt la dégustation d'une sucette au café pour répondre :

— Oh ! Les filles, tu sais, à cet âge-là, ça n'a pas beaucoup de cervelle !

Chapitre 13

Le vol

— Stop ! Voilà une place libre pour se garer.

Pendant que Bulldozer manœuvre, le Furet regarde sa montre : 21 heures. Il sort de la voiture, suivi par ses complices, et prend la direction du musée dont la masse noire s'élève à une centaine de pas. Les trois bandits rejoignent un petit groupe qui vient d'arriver par une rue latérale : le jeune Gégène et ses amis. Ils se sont déguisés en ouvriers et transportent le matériel. Le Furet approuve d'un signe de tête.

— Vous êtes à l'heure, c'est bien. Alpaga et moi, nous marchons devant. Dès que Bulldozer aura ouvert la grille, vous nous suivrez dans la cour.

Le gros Bulldozer s'approche du portail, s'assure d'un coup d'œil que le concierge du musée n'est pas à proximité. Il tire de sa poche une clé qu'il a fabriquée au cours des jours précédents et ouvre la grille. Un à un, en silence, les voleurs se glissent dans la cour carrée. Leurs semelles caoutchoutées amortissent leurs pas. Le Furet décroche son chronomètre et les opérations commencent.

Grâce aux répétitions, chacun des malfaiteurs sait exactement quel rôle il doit jouer. Il n'y a aucune hésitation, aucune bousculade, aucun temps mort. Les échelles télescopiques sont rapidement ajustées et mises en place contre la Tour du Trésor. Gégène et l'un des jeunes voleurs les escaladent rapidement, puis installent une planche entre deux gargouilles. Déjà ils commencent à les attacher, quand Gégène pousse un cri. Surpris, le Furet demande, regardant vers le haut pour tâcher de voir qui a crié :

— Que se passe-t-il ? Évitez de faire du bruit !

Un instant après, Gégène descend l'échelle à toute allure, le visage bouleversé. Il gémit :

— Chef ! Chef ! C'est affreux !

— Quoi ? Que t'arrive-t-il ?

— C'est horrible ! Je viens de voir...

— Mais parle donc, animal ! Qu'est-ce que tu as vu ?

— J'ai vu... *Fantômette !*

— Hein ? En voilà, une histoire !

Les autres jeunes voleurs dégringolent de leur perchoir en bredouillant :

— Chef ! C'est Fantômette !... Elle n'est pas morte... Elle est dans la tour... On a vu sa tête à travers un vitrail !

Le Furet serre les poings, grommelle :

— Qui m'a donné une pareille bande de

froussards ? Voulez-vous remonter, et tout de suite !

— Non, non chef. Fantômette est là-haut ! Elle est ressuscitée ! C'est son fantôme ! Allons-nous-en, chef.

Comme la veille au soir, les apprentis-voleurs font chorus :

— Oui, oui, chef ! Partons. Elle est invulnérable. On ne peut pas la faire disparaître. Sauvons-nous. Tant pis pour le diadème.

Si les circonstances n'avaient commandé de faire silence, le Furet se serait mis à hurler. Contenant sa rage, il grogne d'une voix étouffée :

— Bande de poules mouillées ! Ça veut devenir des bandits de grand chemin, et ça déguerpit à la moindre difficulté ! Je vais vous en coller, moi, des Fantômettes ! Vous n'êtes qu'un ramassis de trouillards ! Croyez-vous que je me sois donné tout ce mal pour des prunes, hein ? J'ai pris la peine de faire reconstituer la tour, je vous ai fait suivre un cours de cambriolage, je vous ai entraînés en vue de cette opération qui doit vous valoir une fortune... Et vous tournez les talons ? Vous vous dégonflez comme de vulgaires ballons que l'on crève d'un coup d'épingle ? Vous n'êtes que des bons à rien ! Allez-vous-en ! Allez-vous-en au diable ! Vous ne toucherez pas un sou ! Disparaissez et que je ne vous revoie jamais, bandits d'opérette !

Les jeunes malfaiteurs ne se le font pas dire deux fois. Abandonnant la place, ils partent encore plus vite qu'ils ne sont venus. Le Furet se tourne vers Bulldozer et Alpaga. Il grommelle :

— Et vous deux, vous avez le sang figé aussi ?

Le gros Bulldozer hausse les épaules. Il n'est guère capable d'éprouver le moindre sentiment. Quant à Alpaga, il n'est pas très rassuré, mais il se donne une contenance en ajustant sa cravate. Il affermit sa voix pour répondre :

— Mon cher Furet, nous sommes tout prêts à vous suivre.

— Tu ne crois pas aux fantômes, au moins ?

— Non, chef. Je sais qu'ils existent, mais je n'y crois pas.

— Alors, dépêchons-nous. Le temps passe vite.

Ils montent aux échelles, en regardant au passage à travers les vitraux. Ils sont sombres. On ne peut rien distinguer de ce qu'il y a à l'intérieur de la tour. Quand les trois hommes se trouvent réunis sur la planche qui joint les deux gargouilles, le Furet soupire en hochant la tête :

— Il n'y a rien. Pas plus de Fantômette que de beurre dans les haricots de la prison ! Ces jeunes poltrons ont rêvé. Ah ! là ! là ! C'est malheureux d'avoir affaire à de pareils nigauds ! Enfin, bon débarras. Maintenant, à toi de jouer, mon gros...

Bulldozer sort sa pince-monseigneur spéciale n° 3 et s'attaque à la fenêtre ogivale. Elle cède dans les délais prévus. Le Furet ouvre le battant :

— Bien, nous pouvons y aller. Si vous voulez me suivre, messieurs...

Le Furet et Alpaga se glissent aisément à l'intérieur. Mais la corpulence de Bulldozer ne lui permet pas de passer, et il doit se contenter de rester sur la planche, à faire le guet.

Sitôt dans la salle du trésor, le Furet allume une lampe de poche. Le pinceau lumineux s'arrête sur la vitrine centrale, fait scintiller les diamants.

— Le diadème ! Alpaga, passe-moi la ventouse...

Alpaga prend la lampe pour éclairer son chef qui découpe rapidement un cercle dans la vitrine, et glisse la main à l'intérieur. Il saisit le diadème, le glisse dans la poche de son veston.

— Parfait ! Filons...

Très vite, mais sans précipitation maladroite, les deux cambrioleurs repassent par la fenêtre et chuchotent « Ça va ! » à Bulldozer. Quelques secondes plus tard, ils se retrouvent tous les trois dans la cour. Ils laissent en place leur matériel désormais inutile, franchissent le portail, regagnent leur voiture d'un pas paisible de promeneurs.

Le véhicule démarre en douceur, passe devant le musée Gontran-Gaétan qui vient de perdre la plus belle pièce de ses collections, et s'enfonce dans la nuit.

Chapitre 14

Le diadème

— Qu'en dites-vous, messieurs ? N'est-ce pas la plus belle affaire de notre carrière. J'attends vos félicitations...

Le Furet se frotte les mains. Au premier étage de la maison-au-balcon-amovible, les trois voleurs contemplent le diadème posé au milieu d'une table. Le gros Bulldozer plisse ses petits yeux en reniflant, signe d'une profonde satisfaction. Alpaga donne un coup de peigne aux ondulations de sa chevelure en disant :

— Chef, j'ai toujours dit que vous étiez génial. Ce coup a été combiné de main de maître. Grâce à votre idée d'un entraînement sur une maquette grandeur nature, nous avons réussi avec la plus grande facilité.

— Mon idée était excellente, en effet. Seulement, je n'avais pas prévu que nos jeunes cornichons auraient des visions... La prochaine fois, je prendrai des précautions. Quand nous formerons du personnel, nous l'entraînerons à n'avoir peur de rien.

— Que ferez-vous, chef ?

— Nous emmènerons ces gens voir des films d'épouvante, pour les familiariser avec les fantômes. Cela dit, passons à des choses plus sérieuses..

Le Furet allume un cigare et demande à Alpaga :

— Dis-moi, tu as vu Totor-la-Brocante, comme je te l'avais demandé ?

— Oui, chef. Il a trouvé quelqu'un pour lui revendre le diadème.

— Quand aura-t-il l'argent ?

— D'ici trois jours.

— Bon. Nous allons disposer d'une jolie somme. Je vais pouvoir acheter une ferme, élever des poulets et planter des choux. La campagne, c'est mon rêve. Et toi, Alpaga ?

— Moi ? C'est bien simple ! Je vais me faire faire une douzaine de costumes sur mesure, acheter une centaine de chemises en soie, et trois cent soixante-cinq cravates. Comme ça, je pourrai en mettre une nouvelle chaque jour.

— Et toi, Bull, quels sont tes projets ?

Le gros homme réfléchit un moment — exercice auquel il est peu habitué — puis déclare :

— Moi, patron, je vais voyager.

— Bravo, excellente idée. Comme ça, la police aura moins de chances de te suivre à la trace. Et où vas-tu aller ?

— Je vais faire un grand voyage dans des

coins que je connais pas encore. Neuilly, Auteuil, Passy... Boulogne. J'irai même jusqu'à Saint-Germain-en-Laye. Paraît qu'il y a un chouette château.

Le Furet a tiré un plan de sa poche. Il le déplie, s'explique :

— Pour l'instant, nous allons tous faire un voyage dans une autre région que les environs de Paris. Je vous emmène en Normandie.

— Pourquoi, chef ? demande Alpaga.

— Parce qu'il ne faut pas que nous restions ici. Les gens du voisinage finiraient par faire un rapprochement entre la tour qui se trouve dans le jardin, et celle du musée. Nous quittons les lieux cette nuit même, et allons nous installer à Campaville, sur la route de Caen. C'est là que Totor nous fera parvenir l'argent.

Alpaga élève une objection :

— Si nous abandonnons cette maison, quelqu'un finira un jour ou l'autre par démolir la tour, et par déblayer le tas d'objets que nous avons jetés dedans. À ce moment, on découvrira...

— Quelle importance ? Nous serons loin !

— Vous croyez, chef !

— Bien sûr ! Tu te fais des idées. Nous ne risquons absolument rien

À peine le Furet a-t-il prononcé ces mots, qu'un rire moqueur s'élève. Les trois bandits sursautent. Le Furet crie :

— Qui a ri comme ça ?

Mais il sait déjà que personne ne va répondre. Ce rire étrange, inquiétant, c'est celui qu'il a déjà entendu lors de la nuit précédente. Le rire qui venait de la tour. Et maintenant, ce rire *sort de l'armoire* !

Pétrifiés, les voleurs voient la porte du meuble pivoter lentement, avec un grincement lugubre. Des gouttes d'une sueur froide ruissellent sur les tempes du Furet et de ses complices. Le souffle coupé, ils voient apparaître une forme au visage masqué de noir, qui les regarde avec un sourire ironique.

— Fantômette ! s'écrie le Furet.

— Fantômette ! gémit Alpaga.

— Fantômette ! balbutie le gros Bulldozer.

La jeune justicière sort complètement de l'armoire et fait tournoyer son pompon. Elle dit gaiement :

— Oui, Fantômette elle-même, qui, grâce à une résurrection miraculeuse, a l'insigne honneur de venir fourrer son petit nez, une fois de plus, dans vos vilaines affaires. Fantômette que vous avez ensevelie sous une tonne de détritus, et qui ne s'en porte pas plus mal, apparemment. Fantômette qui vient mettre fin évidemment à vos activités malhonnêtes !

Aussi à l'aise que si elle se trouvait dans une cour de récréation, la justicière se met à marcher dans la pièce, de long en large.

— Mon cher Furet, j'ai trop souvent eu l'occasion de vous rencontrer. Mais j'espère que cette fois-ci sera la dernière. Votre tête ne me plaît pas. Et celle de vos complices non plus. Je vous conseille donc de vous rendre au poste de police le plus proche et de vous constituer prisonniers.

Après le moment d'émotion que lui a causé l'apparition de celle qu'il croyait morte, le

Furet retrouve son sang-froid. Il dit à haute voix :

— Un moment, ma chère ! Vous allez bien vite en besogne. J'aimerais tout d'abord que vous m'expliquiez comment il se fait que vous n'ayez pas été écrasée sous tous les objets que Bulldozer vous a jetés dessus. Et d'abord, comment avez-vous fait pour n'avoir pas les jambes cassées dans la chute ? On vous a entendue crier !...

Fantômette se met à rire.

— Ah ! C'est ça qui vous intrigue ? C'est pourtant bien simple. J'ai l'habitude des exercices physiques, vous savez. Toujours première en gym, à l'école. Je suis retombée sur mes pieds, mais je me suis aussitôt roulée en boule comme un parachutiste, et je ne me suis fait aucun mal. Mais j'ai eu l'idée de pousser un grand cri, comme si j'étais réduite en miettes. Ensuite, dès que Bull a commencé à jeter des objets, je me suis mise sur le côté, contre une des parois de la tour. Tous les débris tombaient à mes pieds, et non sur mon estomac, comme vous l'avez cru. J'ai aussitôt entrepris de me libérer. Il y a dans ma broche en forme de F une lame d'acier qui m'a servi à couper les cordes. Il me suffit de la tenir entre mes dents...

Les bandits écoutent en silence les explications de Fantômette qui semble enchantée d'avoir cet auditoire attentif. Elle poursuit :

— Au bout de quelques minutes, les objets ont cessé de tomber, et j'ai pu entendre le Furet qui bavardait avec Ficelle. J'ai escaladé l'intérieur de la tour. Facile, en m'accrochant aux entretoises qui forment comme des barreaux d'échelle. Et j'ai regardé par la fenêtre. Bulldozer était redescendu pour aller chercher des sacs de charbon. Vous autres, vous regardiez vers la palissade où était Ficelle. Alors, j'en ai profité pour me glisser à l'extérieur, descendre de l'échafaudage sur la pointe des pieds, et me cacher derrière la tour. Ah ! il a fallu faire vite ! Il aurait suffi que l'un d'entre vous se retourne, pour que l'on me voie. Ensuite, ma foi, j'ai attendu. Ce pauvre Bulldozer a sué sang et eau pour coltiner les sacs de charbon jusqu'à la fenêtre. C'était très amusant de l'entendre souffler comme une baleine, ha, ha !

Furieux, le Furet serre les poings. Il marmonne :

— Petite peste ! Cette fois, tu ne t'en tireras pas à si bon compte !

— Attendez, attendez, cher Furet, je ne vous ai pas tout dit. Hier soir j'ai bien rigolé aussi, pendant votre répétition d'escalade. J'avais apporté un interphone à piles, avec deux boîtes qui servent de micro en même temps que de haut-parleur. J'ai caché un boîtier dans le bas de la tour, et l'autre derrière le tas de sable. J'ai entendu tout ce que vous racontiez. Votre projet de cambriolage du musée Gontran-Gaétan.

Le Furet blêmit.

— Comment ! Tu étais donc au courant de ça ?

— Eh, que voulez-vous... Je sais tout, moi ! C'est mon métier.

Le bandit croise les bras en un geste de défi :

— Alors, tu dois savoir que notre opération a parfaitement réussi. Un cambriolage préparé d'une façon magistrale !

— Je pense bien. *J'y ai assisté.*

Le Furet devient de plus en plus pâle.

— Hein ? C'est donc toi que Gégène a vue ?

— Parbleu ! Je me trouvais derrière une des fenêtres et j'éclairais mon visage avec une bougie. L'effet devait être saisissant.

— Mais... Pourquoi as-tu fait ça ? Une sinistre farce ! Ils t'ont prise pour un fantôme.

— C'est bien ce que je voulais.

— Pourquoi donc ?

Fantômette marque une pause. Elle réfléchit, paraissant peser ses mots.

Puis elle explique :

— Mon petit Furet, vous et vos deux complices ici présents êtes ce que l'on appelle des criminels endurcis, des repris de justice, des bandits professionnels. Tandis que Gégène et ses jeunes amis ne sont que des débutants. En les effrayant, je leur ai évité d'être compromis dans une grave affaire. Et peut-être ai-je réussi à les dégoûter du vol. Je leur donne une chance de rester honnêtes. Donc, je leur ai fait peur une première fois avec l'interphone, et une seconde fois en jouant au fantôme. Et j'ai réussi ! Ils vous ont abandonnés à votre triste sort...

Le Furet affiche un sourire méprisant.

— Triste sort ! Comment peux-tu dire ça, alors qu'il y a sur cette table le fameux diadème de Berthe au grand pied ! Notre expédition a été un succès. Ce bijou va nous assurer une fortune énorme !

— Je pense bien, mon grand Furet. Vous allez pouvoir le revendre un bon prix. Vous en tirerez bien trois francs cinquante.

Il se produit un instant de silence. Le visage des bandits prend la blancheur d'une piste de ski. Le Furet bégaie :

— M... mais... que... que dis-tu ? Que dis-tu ? C'est une plaisanterie ?

Fantômette soupire.

— Bon, mettons cinq francs si vous y tenez. Mais c'est mon dernier prix. Pour un bout de monture en plastique et une douzaine de diamants en verre taillé, ça ne vaut pas plus, croyez-moi !

Le Furet se met à hurler :

— Misérable ! Je vais t'étriper !

Il plonge la main sous son veston pour saisir son pistolet, mais avant même qu'il n'ait terminé son geste, Fantômette saute par la fenêtre en éclatant de rire !

Les trois bandits dégringolent l'escalier à toute allure, sortent de la maison et courent vers la porte de la clôture, par où Fantômette vient de s'enfuir. Ils se trouvent nez à nez avec un homme qui leur présente une paire de menottes.

— Bonsoir, messieurs. Je vous attendais.

C'est le commissaire Maigrelet.

Chapitre 15

La Fête des Écoles

— Quel succès désopilant ! J'en suis complètement tirebouchonnée !

Ficelle retire sa casquette en papier bleu pour s'éponger le front avec. Une foule se presse dans le *Musée fantaisiste* pour admirer l'œuf de canard, l'imitation d'un faux billet de banque ou la gomme à effacer les mauvaises impressions. L'exposition a un succès d'autant plus grand que le musée Gontran-Gaétan bénéficie d'une publicité inattendue : l'avant-veille, la fameuse bande du Furet a tenté de voler le diadème de Berthe au grand pied ! Mais le conservateur avait été prévenu au dernier moment par la justicière Fantômette qui lui avait remis un faux diadème. Le Furet l'a volé, et Fantômette le lui a repris. C'est celui-là même que les visiteurs peuvent admirer, en regardant à travers une cloche à fromage, ainsi que l'explique Ficelle aux visiteurs :

— Approchez, mesdames et messieurs. Nous aussi, avons l'honneur avantageux d'être les locataires d'une copie authentique du célèbre diadème de Huberte les énormes pieds ! Admirez-la, blottie sous sa cloche à camembert ! Ouvrez toutes grandes vos oreilles pour regarder de plus près les douze signes du zodiaque gravés sur la monture, qui sont au nombre de treize parce que j'ai ajouté le signe de l'asticot ! Approchez, approchez ! N'ayez pas peur de me marcher sur les pieds, il y a de la place !

La grosse Boulotte, très à l'aise dans son stand-buvette, se bourre de glaces et de cacahuètes. Quant à Françoise, elle est déguisée en marchande de violettes style espagnol, pour distribuer des billets de tombola.

Tombola tirée en fin de journée, qui permet aux heureux gagnants de se partager les objets exposés dans le musée. Comme nos trois amies ont gardé divers billets, elles ont la joie de gagner quelques-unes de ces merveilles qui ont ébloui les visiteurs. C'est ainsi que Boulotte peut emporter une passoire pour passer le temps ; Françoise a droit à une machine à coudre — c'est-à-dire une aiguille — et Ficelle a la joie inouïe de se voir attribuer le gros lot : le diadème de Berthe au grand pied. Elle le rapporte à la maison avec mille précautions, pour ne pas briser la cloche à fromage.

Maintenant, quand une amie vient en visite, elle se hâte de lui montrer l'inestimable joyau en précisant :

— Voici le diadème de la reine Barbe qui vivait sur un grand pied. Il est historique ! Le Furet a essayé de le voler, ce qui prouve qu'il a une grande valeur !

La possession de ce joyau l'a un peu consolée de la grande déception qu'elle a eue en apprenant l'arrestation du Furet. Plus de Furet, donc plus de film, et Ficelle ne pourra pas devenir une grande vedette de l'écran.

Elle a toutefois trouvé un moyen de créer autour d'elle une ambiance de cinéma. Au moyen d'une boîte à chaussures peinte en noir, elle a fabriqué une caméra, qu'elle a fixée sur un trépied. De temps en temps, elle sort cette machine dans la rue et se plante devant, pendant que Boulotte est chargée de tourner la manivelle. La grande fille débite alors un texte appris par cœur, où elle raconte qu'elle est une malheureuse princesse enfermée dans un château, que le prince Charmant va venir délivrer. Comme elle s'est enveloppée dans une magnifique robe de chambre ornée de papier doré, et qu'elle porte le diadème sur la tête, les bambins du quartier croient qu'elle tourne réellement un film.

Il n'en faut pas plus à Ficelle pour faire son bonheur.

Table

1. Une surprenante photographie 7
2. Les étranges visiteurs 19
3. Ficelle et les papillons 29
4. Fantômette enquête 41
5. Le musée Gontran-Gaétan 49
6. Une réunion extraordinaire 61
7. Le musée fantastique de Ficelle 71
8. Ensevelie ! 77
9. Les idées de Ficelle 93
10. Grands projets 101
11. Le rire dans la nuit 115
12. La construction du musée 123
13. Le vol 133
14. Le diadème 141
15. La Fête des Écoles 153

Composition *Jouve* — 53100 Mayenne

Imprimé en France par *Partenaires-Livres*®
n° dépôt légal : 42544 - mars 2004
20.20.0884.01/5 - ISBN 2.01.200884.4

*Loi n° 49-956 du 16 juillet 1949
sur les publications destinées à la jeunesse*